兇事顧問 伍

五鬼鬧

林佩 著
牛魚 繪
ANTENNA

【人物簡介】陸離。
天之驕子，高貴優雅，掌管貪狼星。到人間後沉淪
爲３Ｃ低頭族，走路只顧玩手機而撞電線桿的次數
與日俱增。

【人物簡介】阿七。
本是天上七殺星君，因罪被貶下凡，擔任群青巷口
土地爺一職。
愛抽菸，但目前有改啃棒棒糖的趨勢。

【人物簡介】炎帝。

地府職等最高的一位帝王，實則爲米蟲一隻，嗜好是從孽鏡中偷窺地府的一切動態，以及送禮物給小正太。

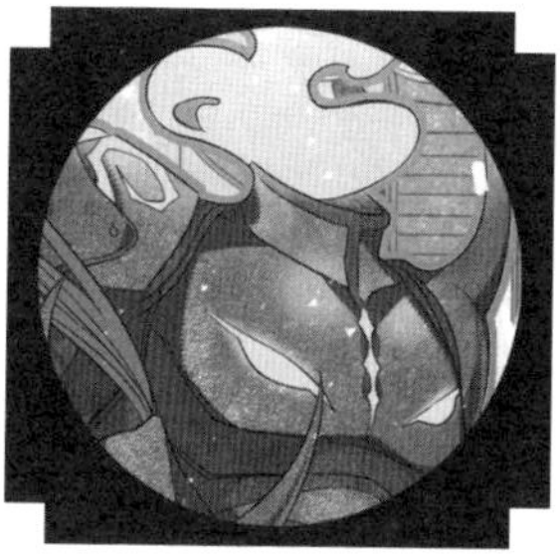

【人物簡介】刑天。

本來是愛好音樂的藝文青年，生前死後都是炎帝的最忠臣，配有騎骷髏馬的技能，頭顱失蹤中。

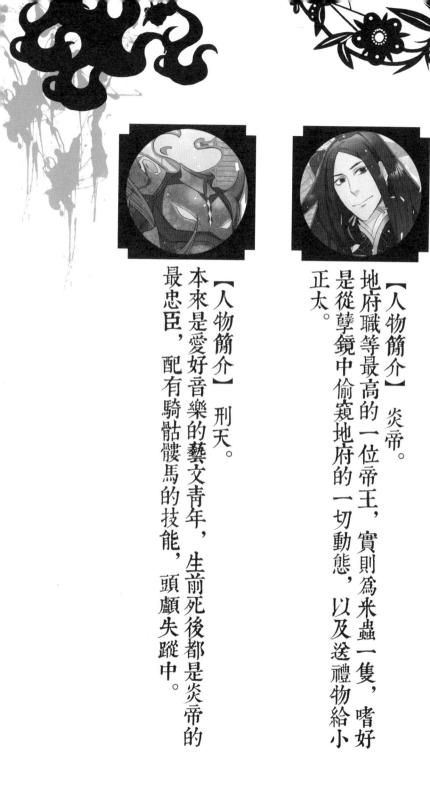

【索引】鬼事顧問、零伍。五鬼鬧。

鬼事顧問、零伍。五鬼鬧。

【第壹章】鬼氣濃若雲，
龍銀卜賊心。

阿財蹲在群青巷口的土地公廟前，看著巷底那株灼灼桃樹，腳邊全是菸屁股，可見他逗留此處已經有一、兩個小時了。

這裡是田淵市北區的舊建築群弄，老屋櫛比鱗次，巷弄錯綜複雜，初訪者常會迷失在裡頭好幾個小時，連衛星導航都救不了他們，不過嘛，阿財已經不是第一次來拜訪了，他熟門熟路走到巷口，卻開始憂鬱，這份憂鬱跟群青巷口特有的悠閒氣氛成反比。

諸君或者會問：他為何憂鬱？又為何而來呢？

他來拜訪住在巷尾底端、桃花院落裡的鍾流水先生，但因為過往入巷的經驗太悲慘，讓他遲遲不敢踏入，只龜縮在土地廟前猛抽菸，給自己心理建設一遍又一遍。

可以的話，真不想踏入巷子裡，會死人的啊！上頭老闆卻是千交代萬交代，沒請到鍾先生出門，他就提頭來見。

嗚嗚嗚，阿財覺得自己命不好，鍾先生你為什麼不給家裡裝個電話、袋裡放支手機，方便阿財我跟你約出來見面呢？人家真的害怕群青巷的說……

阿財一面哭，一面又吐掉口裡的菸屁股，一包菸都抽完了，他還是沒有勇氣往巷裡踏一步——

壹・鬼氣濃若雲，龍銀卜賊心

「廟前亂丟垃圾，會遭天譴。」

有人發聲，近在咫尺。

阿財屁股火燒似了的跳起來，轉頭一看，說話的人一身建築工人裝扮，手上拿著十字鎬，酷帥有威嚴，凶猛有元氣，不就是土地廟的廟祝阿七嗎？

阿財立刻搓著手站起來打招呼。

「大哥什麼時候來的啊？走路都沒腳步聲，當小偷會很有前途……不不不，我不是在嘲笑，是稱讚啊！我之前工作的地方很需要大哥你這種人，幫你介紹一下吧？薪水比廟祝多十倍。」

阿七沒說話，只冷冷的看了一眼這穿西裝理平頭、臉上還有道疤的男人阿財。阿七知道，阿財之前專營高利貸討債，現在說要介紹工作，不就是要讓他阿七去當討債小弟嗎？他哪一點兒像是討債小弟了？

阿財被阿七盯得皮皮剉，自己說錯話了？心虛的他立刻抓起廟旁邊的掃把，勤快的掃起菸屁股來，左掃右掃前掃後掃，把土地廟內外掃得一塵不染清潔溜溜，像要準備過年的樣子。

阿七終於鬆了表情，阿財見狀，立刻敬了根菸過去，阿七猶疑了下，搖頭。

「我戒菸了。」

阿財乾笑了下，收回菸，卻依然在巷子口外踟躕不前，一張臉像是便祕了十年，很多話想說，卻又不敢講。

阿七最後問：「來找桃花院落的鍾先生？」

「是啊是啊。」

「他在，而且心情不錯，去吧。」舉起十字鎬往巷尾指了指。

阿財肩膀都垮下來了，「大哥，你知不知道這巷子……」

「怎麼？」

「鬧鬼呀！走進去就起霧，還有黑山老妖招我做女婿，太恐怖了！巷子還會變得很長很長，走半小時都走不到底，嗚嗚嗚，偏偏老闆說鍾先生喜歡我，非派我來不可……」

由不得阿財不害怕，之前他只要一進巷子就天陰、起霧、鬼追，就算準備一堆驅邪法寶放身上，依然如故。總之，他對這條巷子的恐懼，根深蒂固到必須要等到青山爛了，秤錘浮水了，黃河乾結了，北斗星搬南邊去了，才可能解開心結。

「沒鬼，你放心走。」阿七鼓勵他。

「可是……」阿財還是怕，梨花帶雨小鳥依人靠在阿七身邊求：「大哥、大哥，陪我走到鍾先生家去吧，晚上我請你吃飯！」

阿七煩了，揪著阿財推往巷子裡，大喝：「說了沒鬼就是沒鬼，走！」

阿財趺趺撞撞到了巷子裡，好不容易穩住身體，回頭一看又哭出來，阿七大哥你怎麼人不見了？把我推進來，就得負責送人家到紅毯的那一端、不不不，是送到巷底的桃花院落裡啊～～

還沒抱怨完，一陣風吹得他雞皮疙瘩全冒出來，他縮著脖子左看看右看看，空蕩蕩。

混過江湖的阿財才沒那麼容易上當呢，繼續保持十二萬分的警覺心，踮起腳尖，往前跳幾步，猛回頭——

什麼都沒有。

預期會出現的東西卻沒出現，反而更讓人緊張，弄得阿財很失望，要他嗎那些鬼？才一陣子沒來，鬼兄鬼弟們就把他給忘了？不、等等，這是鬼兄弟們的欺敵政策啊，他不可以放鬆警覺。

唱首歌來壯膽。

「阿財一定強，阿財一定強，四方都是孤魂，四方都是野鬼，寧願死不退讓，寧願死不投降，阿財的行動偉烈，阿財的氣節豪壯，同胞們起來，同胞們起來……啊啊我唱錯了，同胞們別起來，千萬別起來呀！」

阿財又哭出來了，好死不死他為什麼要選中這條「墳場禁唱經典十大歌曲」之一的名歌呢？據說經過墳墓時唱到「同胞們起來」，好兄弟們全都會從土裡奮起合唱呀！

「喵嗚～～」

陡然間一隻三花野貓無聊的叫了叫，嚇得他一鼓作氣往巷底狂奔，邊奔邊合掌拜天拜地亂亂拜。

「玉皇大帝觀世音菩薩媽祖婆三山國王土地公，保佑弟子今日無災無難，眾鬼都退散，回去金紙燒得滿屋又滿船，三牲四果夠澎湃……」

「不是阿財嗎？」

突然有人隔著竹籬笆問過來。

溫和話語讓人如沐春風，阿財大夢初醒，發現眼前有桃花樹蔭翳蔚然，粉紅花朵兒給天空添了彩；樹下一只逍遙椅，椅中有人執酒醺醺，臉頰上的醉紅跟他頭上的桃花一樣豔。

那人笑意吟吟，藍色長袍配藍白人字拖，粉雕玉琢的臉蛋兒上，鑲著兩顆水溶溶的桃花眼，乍看之下頗有翩翩的仙人情態，但他左邊太陽穴上卻有個蝙蝠形狀的粉色胎記，給仙人添了些陰烈氣質。

「鐘先生、鍾先生、我終於見到你了！」阿財推開竹籬笆門，一把抱住年輕人的大腿，捨不得放了。

年輕人正是鍾流水，有個頭銜是市警局特殊事件調查組顧問，所有認識他的人也知道，這貨腹黑小氣會占人便宜又愛欺負人，誰碰上誰倒楣。

但是，可恨之人必有可愛之處，他法術高強見多識廣，算命看風水捉妖除魔是拿手行當，所以就算全地球人都恨他恨得牙癢癢，也沒人敢拿他怎麼樣。

「陪我喝杯酒。」他舉杯對阿財說。

阿財不喝酒，只是緊緊抱著鍾流水的大腿，活像那腿是暗夜裡的燈塔、是他得到救贖的希望。

屁股傳來劇痛，阿財痛呼回頭，桃花院落的招牌公雞小玉正死命的啄啄啄。咯咯咯，我家主人的大腿是你能抱的嗎？爾乃賤民，給雞大爺我放手！

阿財唉唉抱著屁股叫：「鍾先生你家的雞好凶～～」

「小玉下去，沒你的事。」鍾流水揮揮手。

小玉啄夠了，張開牠雪白的翅膀，又咕咕恐嚇了阿財好一番，這才退回到陰涼的地方去翻小蟲子吃。

阿財說：「鍾先生，我來……」

「我知道，你老闆家裡出事……遭賊，丟東西了？」

「啊啊鍾先生果然是活神仙，我沒說你都知道了！」阿財兩顆眼睛瞪的像銅鈴。

鍾流水看了看茶几上的三枚龍銀，剛剛他心緒不寧，順手做了錢卜；銀錢的一面雕有龍，另一面則有皇帝的名稱，曾過萬人之手，因此沾染豐富的靈氣，讓占卜準之又準。

第一卦卜出今日有客來訪，第二卦則暗示來人錢財丟失。他本來還納悶，丟錢就丟錢，為了這種事來找他，有點兒小題大做了，但一看來的是阿財，瞭然，阿財的老闆葉鈞是古物商人，手頭上多的是價值不菲的寶物，有些來歷見不得光，丟了不能報警，只好找鍾流水解決。

阿財卻搖頭，「不對不對，鍾先生，雖然遭賊，可是賊沒偷東西。」

「你說笑話吧？」鍾流水大感意外，回想起剛剛的卦象，本卦為賁，配以中孚，得出一個丟豬失羊之卦，怎麼可能沒被偷走任何東西？

「真的真的，事情就發生在前天夜裡，所有人都睡死了，什麼聲音也沒聽到，昨天早上老闆書房卻像是被颱風颳過，鍾先生你說這賊是不是很奇怪？」

「我沒記錯的話，葉先生書房裡有個地下保險格……」

「地下保險格自從上回被鍾先生你用鐵沙掌破壞之後，我家老闆懶得修，就在上頭隨便鋪塊鐵板，裡頭一直是空的。」

說到這裡，阿財又膽顫心驚起來，老闆書房的地板是堅硬的花崗岩板，卻被鍾先生一掌劈開，找到底下的暗格，啊啊果然人不可貌相，海水不可斗量。

鍾流水放下酒杯沉吟，他的占卜一向靈驗，這次得出的結果卻與事實不符，應該是不久前他強行吸納炳耀星焰到體內，耗損了他一半的靈力，所以影響了占卜的靈驗度。

「葉先生派你來找我，只怕這其中還有些他想不透的疑慮吧。」嘆氣又問。

阿財一拍大腿說：「對對對，小偷是在沒破壞任何防盜器和門鎖的情況下，進入了書房，沒留下任何指紋、毛髮。怪的是，屋子外頭架設的監視器運轉正常，前晚根本沒任何人靠近葉家，私家偵探則說只有鬼才知道是誰幹的，所以老闆想到了鍾先生……」

鍾流水哼一聲，「葉鈞認為我是鬼？」

踢到鐵板啦！阿財忙不迭的拍馬屁：「老闆的意思是說，只有鍾先生這麼高明的神棍、不、大仙，才知道是怎麼回事。」

資深妖孽一聽見人家吹捧，自然樂陶陶，他交代公雞小玉看家，坐上阿財開來的黑頭車，風風光光往葉鈞家去了。

阿財的老闆葉鈞是位事業有成的古物商人，官商關係良好，在豪宅區裡買了棟別墅，妻子幾年前過世了，膝下唯有一個叫做葉晴的女兒，跟鍾流水的外甥同校讀書。

車子一駛入別墅，葉鈞立刻出來迎接，他這人的外表堂堂，整齊短髮灰黑相間，眼角幾道魚尾紋，表情平淡，眼裡的深沉卻透露出他優越於一般人的沉著。

「鍾先生大駕光臨，讓寒舍蓬蓽生輝，請進。」葉鈞一見鍾流水就積極示好。

鍾流水點點頭，卻不急著進入宅內，而是先望一望這宅子的氣色，這棟別墅曾經請了高明的風水先生整過，內外皆無沖煞，非常適合安居，也能帶動主人事業的發展。

葉鈞問：「怎麼了？」

「內外皆穩，之前門口為主人招來官非的石獅子也已經清除，沒什麼大問題，應該招不了鬼。」鍾流水說。

葉鈞苦笑，將鍾流水迎入屋內，阿財殷勤遞點心遞毛巾遞水、哦不、是酒，所有人都知道，鍾流水名字裡雖然有個水字，但他不喝水，只喝酒。

鍾流水用美酒漱了漱口，這才往屋內看幾眼，正如阿財說的，雖然前晚遭賊侵入，但客廳並沒有任何被破壞的跡象，他因此又轉往書房，踏入一步便頓住，抽抽鼻子打了個噴嚏。

刺鼻的鬼味暗示著，有鬼匆匆來過，又匆匆走了。

細看書房，原來典雅靜謐的格局，如今卻慘不忍睹，書桌分裂，字畫殘破，原本放在案頭上的玉石、木架上的書本、以及牆腳處的高階保險箱都被某種外力給硬生生破壞，腳下的保險暗格也被掀開了。

葉鈞解釋：「賊好像是書房裡無中生有的，鍾先生你看得出來是怎麼回事嗎？」

鍾流水往裡頭又繞了一圈，說：「的確有鬼物侵入，至於是什麼鬼，很難說。」

「……鬼、這個……」葉鈞很不放心，「要怎麼對付？」

「你放心，賊不會再來了。」鍾流水輕聲一笑，意有所指的說：「如果這裡真沒有他們要的東西。」

葉鈞苦笑，「鍾先生，我的確沒藏東西了。」

上回他顧忌著不說實話，結果被鍾流水一掌敲碎地板，把玉琮給取出來，這次說什麼也不敢瞞著鍾流水任何事。

鍾流水聳聳肩，或者葉鈞沒說謊，但人不擾鬼，鬼不煩人，這當中總有個秩序存在，鬼若前來騷擾，肯定有前因後果。

「我寫道符給你，防鬼。」最後他說。

葉鈞大喜，讓阿財忙準備好黃色符紙，取文房四寶磨墨。

鍾流水省略掉一般法師寫符前必經的請神、敕紙、敕水、敕墨咒等等，他靈力高深，執筆書符即有效力。

他於紙上寫下「奉伏魔大帝敕令避邪將軍到此鎮宅罡」，交給葉鈞後說：「這防盜賊符貼在客廳壁上，鬼不敢入侵，但這符只防鬼，不防人，你可不要因此鬆懈了。」

「是、是。」葉鈞也就擔心鬼，根本不怕人來犯，他屋裡屋外的保全人員可不是養著好看的。

鍾流水收了一包飽滿的謝金、以及一罈玉門瑤琨酒，阿財原本要開黑頭車送他回群青巷，他搖搖手，說要往附近的城隍廟走走，拜訪老朋友。

呵呵得意笑著走出葉家，想著瑤琨酒味如醇酎，以玉門九萬里外的碧草釀造，可是好東西啊，上回城隍老小子出手幫忙布置鬼陣，都還沒好好道謝呢，這就找他喝一杯。

走著走著，前頭噗嚕嚕、噗嚕嚕、噗、噗、噗、噗——

別誤會，這可不是人放屁的聲音，而是來自於幾近報廢的摩托車引擎聲，有人邊騎車邊罵街。

「別別別、千萬別這時候給老子熄火……喵的你敢熄火？給老子撐著點！想想辛苦的警務人員、還有廣大的納稅人，我以正義的警徽命令你，穩住！」

白色警用巡邏機車根本不吃威脅恐嚇那一套，幾秒鐘後壯烈熄火，氣得白霆雷臉都綠了，這是局裡最後一輛勤務車，上路才發現好多零件生鏽，油門卡卡，剎車鬆鬆，時速怎麼飆都不超過三十公里，氣死他爹了。

「唷吼小霆霆，巡邏啊？」鍾流水揮手打招呼。

「巡邏你頭啊巡邏，老子專程來找你的！」白霆雷跨坐機車上，努力勞動自己兩條腿啪搭啪搭朝鍾流水前進，活像一隻忙忙碌碌的蜘蛛。

說到白霆雷，他是田淵市警局特殊事件調查組的組員，年約二十四歲，高大英挺，據說前世是神獸白澤，好死不死白澤卻是鍾流水的坐騎，所以，你們知道的，這就注定了他這輩子的悲慘命運。

「怎麼知道我在這裡？」鍾流水笑問，卻一下恍然大悟，「阿七說的。」

「錯，是你家巷口的花貓，牠說你被阿財拐走了。」白霆雷苦惱的猛扯頭髮，「喵的我居然聽得懂那隻貓講什麼，是不是該申請精神評估了……」

「你是虎獸白澤，自然聽得懂貓語，一點也不稀奇。」鍾流水理所當然的說。

「老子一點也不想聽懂貓語，煩死了，老子不是貓！」

聽懂貓語有啥好處呢？貓咪能幫他拐個美女來當老婆嗎？不可能，牠們就只愛在牆頭蹲著、在你腳邊轉著，要嘛對你不理不睬，要嘛頤指氣使要貓食。

「找我幹嘛？」鍾流水問。

「跟我回局裡去，有怪事發生！」

「鬧鬼了？」鍾流水會這麼問也不稀奇，基本上組裡會勞動到他出馬，大概都是發生了某種很難以常理來度之的案件。

「也不知道是不是鬧鬼，就是……」說到這裡，白霆雷看了看四周，似乎怕有人偷聽，他放低了音量，「總之，這事情外傳出去不好聽，會減低警察的威信，你先上車，我慢慢跟你說。」

減低警察威信？這倒有趣。鍾流水看看手中的玉門瑤琨酒，好吧，改天再找老城隍喝酒。

白霆雷戴上安全帽，也不忘記丟給顧問一頂，繼續試著發動這台破車，在他鍥而不捨的努力之下，破車終於給力的啟動了，以低於三十公里的時速朝市警局前進。

路上白霆雷解釋，之所以說會減低警察威信，是因為……

警察局裡遭小偷了。

諸君們沒聽錯，警察局裡遭小偷了。

難怪白霆雷不敢大聲宣揚，這事情傳出去，肯定立刻上水果日報頭版版面。

「真的有小偷？」鍾流水都忍不住質疑，有話說「笨賊偷法官，自投羅網」，這小偷居然往警察局去試膽？找死嘛！

「當然有，局裡的證物儲藏室在門鎖沒被破壞的情況下，被翻得一團亂，很多重要的證物碎得一塌糊塗……」

「小偷到底偷了什麼？」鍾流水忍不住問。

白霆雷一呆，直到紅燈前停下來，才嚴正的回頭說：「經過幾個小時的清點，我們確認，小偷沒帶走任何東西。」

鍾流水一雙桃花眼溜啊溜，愜意問：「……我猜，事發時沒人目擊，局裡安裝的監視器也沒捕捉到小偷的身形，小偷甚至沒留下指紋、腳印、毛髮、皮屑，你們因此懷疑小偷不是人，而是鬼，所以來找我……」

「挖操原來小偷就是你！正好帶你回去警局做筆錄，交代你的犯案動機跟手法！」

「咚！」藍白拖鞋往他後腦勺招呼去。

「喂喂我懷疑你是正常的，這案子正在祕密處理中，外頭沒人知道，你哪裡得來的細節？真相只有一個，你就是凶手！」白霆雷揉揉頭大吼。

藍白拖鞋反手再一拍，鍾流水冷哼，「照你這麼說來，我現在就應該殺人滅口囉？也對，還是把你這隻古往今來前所未有天上地下沒有更笨只有最笨的大笨蛋給吃了，你活在世上只會丟我的臉。」

白霆雷見他如此理直氣壯，自己也虛了。

咦、他又誤會神棍了嗎？

來到市警局，鬼事調查組組長孫召堂及另一名組員譚綺綠已經等在樓下，就連局長也憂心忡忡前來迎接，其餘警員則好奇的跟在後面看熱鬧，想聽聽鬼事顧問鍾流水對這案件的說法。

「流水啊，事關警方顏面，我又快退休了，不能讓這案子成為本鬼事組的懸案，你千萬要多擔待些。」孫召堂簡直就把鍾流水當救星看了，老淚縱橫拉著他的手說。

鍾流水順手把酒罈往他懷裡塞，「老孫你給我保管好，破案了一起喝。」

這算是他難得要全程負責任的保證了，孫召堂一高興，酒罈也就抱得更緊了，活像那是他老婆。

越過證物室外的封鎖黃色線，鍾流水打了個哈啾，所有人都往他看。

「沒事，鬼氣濃了些。」他捏了捏鼻子解釋。

看熱鬧的警察們全冒起雞皮疙瘩，誰還敢留在附近看熱鬧啊，一哄而散了去。雖說警務人員都習慣跟鬼物打交道，有時遇到久懸不破的殺人案件，也會求神問卜一番，或者求死者給予指引，但留在這裡讓鬼物上身，可就不是件好事。

就把鬼留給鬼事調查組招待，他們要去忙活人的事。

鍾流水進入證物室，看看天花板，看看腳底板，皺眉，嗯……

一般說來，警方逮捕嫌犯時，起獲的相關證物都必須收在證物室裡嚴加保管，細列案情編號、查案官姓名、何種案情等等，提取也都需要紀錄簽名，有專人看管，出入處也裝設監視器。但是正如白霆雷所說，證物室在門鎖未被破壞的情況下遭侵入了，裡頭有如狂風過境，證物四散在地上。

「看出了什麼沒有？」白霆雷見鍾流水發呆發好久，不耐煩的問。

「有鬼。」

「有鬼就去捉。」白霆雷磨拳擦掌躍躍欲試。

「我只說有鬼，可沒說知道鬼在哪哩，讓我上哪兒捉？」鍾流水白他一眼。

「那怎麼辦？」

「涼拌囉。」鍾流水擺擺手。

孫召堂抱著那罈酒，急得都要哭出來，「連流水你都涼拌了，我又怎麼辦？嗚嗚我的績效獎金，我的休假，我的前途，我的……」

「老孫你幾十歲的人還哭，羞不羞啊！我雖然說沒地方抓鬼，但也不是沒線索，現在回你辦公室去，我交代些事。」

孫召堂一聽破案有望，也不哭了，反正他流的也都是些假眼淚。

鍾流水嘆口氣，他還不懂老孫的伎倆嗎？就算老孫不動之以情，這案子他也管定了，他大概猜到小偷要找的東西是什麼。

只不過，是什麼樣的鬼，需要那樣東西？

他獰笑，把鬼抓起來就知道了。

鬼事顧問、零伍。五鬼鬧。

【第貳章】七龍朝天闕，

五鬼鬧警局。

深夜，灰舊的水泥矮房裡擺設了簡單的祭壇，祭壇上有五個陶瓷小娃娃，蓮花狀髮型娃娃小巧可愛，腰間纏繞印花長沙龍，東南亞風味濃重；另有飯菜五小碗，一碗公雞血，法鈴，兩旁燭火正搖晃。

燭火前，一位灰色長髮年輕人正踏罡步斗，手執九靈符作法。

年輕人面色青白，那是一種不健康，久未曬太陽的懨懨病感，就連他的唇也白得幾乎見不到血色，眼如點墨，透出不合於他病容的靈活感，一襲簡單的白色衣褲讓他很有點兒亡者的味道。

雖然體態看來弱不禁風，但他動作靈活，一口氣唸完七遍真言咒，吸五方氣吹往九靈符，靈符自動焚燒，他又取五道五鬼符，每焚一張符，就朝泥塑的娃娃唸喊一聲。

「金童子速來，有事驅用！」

燭火晃動，屋裡溫度立刻下降了十度，一位身高還不及於年輕人腰身的孩童陡然立在神壇之前，衣飾樣貌跟陶瓷娃娃相似，他雙手於胸前合掌，卻是不發一語。

年輕人再焚一道五鬼符，又喊：「木童子速來，有事驅用！」

又是一位小童出現。

年輕人焚了五張符，金、木、水、火、土五位童子依序現身，他們表情全是一片空白，未染

貳·
七龍朝天闕，五鬼鬧警局

印上人間的喜樂哀愁，是道道地地的白紙，全聽眼前年輕人的指示來行事。

年輕人輕聲役使，「之前你們空跑了兩趟，這次我確認清楚了，東西在遙平市警署總部證物室，你們去搬運回來，我有祭禮三牲答謝。」

五小童合掌躬身，隨即消失不見，年輕人繼續靜坐法壇之前，默唸五鬼搬運咒，每幾分鐘便燒五鬼符一道，藉此連繫五鬼心意，並確保五鬼無法脫出自己控制的範圍。

同時間，遙平市警察總署一如往常寧靜，卻沒有人知道，證物室裡已經產生了小小的變化。

五道細細的黑煙從地板上捲起，如同五道小形龍捲風，角鋼架上的證物開始飛滾了出去，桌椅更是搖晃不已，彷彿遭遇地震一樣。

龍捲風愈來愈強烈，風向紊亂，風裡則出現了一點一點的綠色磷光，磷光逐漸凝聚成五個小小的形體，成為金、木、水、火、土五位異國小童。

小童們不帶任何情緒的翻找證物室，但就在這時候，四面牆壁上分頭飛出七條銀色小龍，鬚眉全，頭有角，鱗片泛閃金屬光澤，面相猙獰，圍著五小童蜿蜒盤旋。

面對突然現身的獸物，小童們彷彿完全不知驚恐，輕彈掠飛，要往空隙竄出去，龍兒們揚鬣怒張，銀電縱橫，就聽叮叮噹噹幾聲，小童全被撞回七條龍圍成的圈圈之中。

小童們不畏不懼，他們原是夭折橫死的孩童，靈魂還來不及去投胎，便被不肖人士捕捉，賣給心術不正的法師來煉製法術，這一死一生間，心智早已回復成白紙般，法師讓他們幹什麼，他們就幹什麼，他們已經沒有七情六慾、喜怒哀樂，所以，就算面對七條威猛的龍獸，竟也完全不懂退避。

遠在他方的長髮年輕人卻是臉色一變，與小童訂立過血咒的他，顯然也感應到小童們碰上了阻礙，他抓起一把五鬼符空拋，符咒嘩一聲燃燒起來，照耀他蒼白的臉。

「……是你嗎？鍾流水……」詭異的笑容揚起，「七龍朝天闕……」

取法壇上公雞血潑灑五個陶瓷娃娃的頭臉，法鈴搖起震天響。

「天清地靈，五鬼急行顯威靈，疾！」

證物室裡的小童們好像突然都喝了十全大補湯一樣，矯若狸貓伏竄要出，七龍卻如雷電急落，把小童們全擋下，完全制衡住了他們的行動。

小童們這時候有點像是無頭蒼蠅了，虛空之中突然傳來一陣呼喊：「東北生門有生天，破陣！」

貳．七龍朝天闕，五鬼鬧警局

五小童鬼哭神號，齊往某條龍撲去，龍兒用力一擺尾，五小童竟被拍得碎屍萬段，化回千千萬萬點的綠色磷光，扶搖直上，卻又下衝，首當的龍兒竟因此被撞開，七龍尾首相接的圓圈因此破開了個洞。

「不好！」證物室隔壁的監控室內，鍾流水看著監視器螢幕，驚愕的低呼了一聲。

磷光洩洪似的奔騰而出，噗噗砰砰，磷光不斷衝擊證物室的大門，就像隕石攻擊月球，在其上落下坑坑洞洞，很快金屬製門被衝破，漏網的魚兒以千軍萬馬之勢急奔而出。

門外這時出現一道紅色光輪，河流似的螢光因此被擋下，那光輪就像是密合無比的齒輪，任何一顆磷光落了進去，都被輾成了千沙萬塵，更多的磷光因此在門口進退兩難。

光輪的主人是鍾流水，他正手持桃木劍「萬鬼敵」，舞起滿天劍花劍影。

「我大發慈悲滅度你們，去找個好人家投胎吧！」鍾流水倏然收劍，空中散出五張黃紙，他咬破手指於紙上書寫殺五鬼兵符，唸咒驅動。

「天兵天神滅邪惡，神兵火急如律令！」

符紙散出流虹星芒，貼上紛亂的磷光，就聽爆裂聲不斷響起，綠色磷光中傳來五鬼的尖吼。

隔著一百多公里的距離，血咒發揮了連心的效果，小鬼們的主人在神壇之前遭受到同樣的創傷，痛楚跟憤怒讓年輕人連說話的音調都走了腔。

「……也好，久未見面，更該打聲招呼……」

年輕人搖起催魂鈴，腳踏魁罡，左手起雷印，右手捏劍訣，吸五方真氣五口後吐於神壇陶瓷娃娃身上，混天五鬼鬥法咒冷靜唸出。

「五方童子現真形，逆吾令者寸斬灰塵不留情！」

磷光數量陡然大增，五小鬼再度現形，張牙舞爪飛撐迴掠，朝鍾流水撲了過來，鍾流水輕噫一聲，露出嫌惡的神色。

「就說小鬼最難纏了……」

知道小鬼們耐操，鬥起法來沒完沒了，除了速戰速決別無他法，鍾流水決定下狠手，銳利的暗紅劍影流星般掣穿最前頭的金鬼脖頸，一顆小小的頭顱往地下滾動開去，俄頃間，首當其衝的小鬼再度化為磷光一片。

那些磷光再也無法收聚，桃木劍「萬鬼敵」的煞氣對他們而言，是腐蝕性極強的硫酸，一碰上便迅速消溶，瓦解星散無蹤無影。

遠方搖控的年輕人緊搖催魂鈴，其餘四小鬼前仆後繼往鍾流水身上躍撲，劍影於木童子頭上

貳．七龍朝天闕，五鬼鬧警局

條落，分為兩半的小鬼飛散成點點綠光，消失。

正要如法泡製剩下三個小鬼，突然間背後有人熊抱而來，那力氣大得異乎尋常，鍾流水掙脫不得，扭頭一看，居然是白霆雷。

「放開！」鍾流水氣極大喝，這小警察居然長膽子犯上了啊！

白霆雷不答，手勁卻加大了，鍾流水這時注意到他臉容僵硬凝固，眼瞳消失，眼簾眨也不眨，這是被鬼沖身的徵兆。

這個笨蛋明明是四陽鼎聚之命，陽氣熾烈，一般鬼魅難以上身，更別說如今他虎魄回歸，神靈威赫，怎麼可能被鬼沖身？

唯一原因是，有人掌握了他的出生年月日時，趁隙干犯天命。

要破解鬼沖身很簡單，只需取針刺破被附身者後腦的鬼枕穴，把鬼氣洩掉就行，但此刻鍾流水兩手被制住，拿不出針，正想著如何來脫身，突然間兩腳一緊，像是同時有熔岩及冰川攀上來。

原來是水童子及火童子趁著鍾流水被制，攀上了他的兩隻腿，而年輕人練這五鬼時，取了五行之氣來灌輸，讓五小鬼各有特性，水童子能化水、化冰，火童子能出火，而不管是冰是火，達到一定的沸點及冰點時都會發出蒸騰的霧氣，給人體帶來的痛楚也是相同程度。

只一瞬間，鍾流水兩條腿像被燒紅鐵塊給烙上印一樣，兩小鬼卻還沒這麼簡單放過他，口一張，齊齊咬上了大腿處，他們牙尖齒利，這一咬穿肉透骨，痛楚撕心裂肺。

鍾流水忍住了，他手腳受制，唯一能動的就是頭，立刻咬破舌尖，混著口涎的舌尖血朝兩小鬼噴了出去。

舌尖之血陽氣強烈，正是鬼物的剋星，一逢上就連鬼氣都無法聚合，小鬼們手腳因此喪失了力量，接著化為磷火，熄滅。

最後一位土童子縮著肩膀往前衝撞，鍾流水忍著腳痛，扛著白霆雷幾十公斤的身體一轉身，竟然直接把警察先生當成盾甲來擋禦，而因為他轉動的時機恰到好處，土童子竟被滴溜溜的斜拋出去。

鍾流水接著把白霆雷當成墊背，直接往牆壁上用力撞，白霆雷表情依然僵化，眼睛不翕不眨，根本不把疼痛當一回事，依舊把鍾流水給抱得緊緊，怎樣都不放開。

「笨蛋你給我放手！」鍾流水大發雷霆。

白霆雷像是耳聾了，而剛剛被拋飛的土童子居然又飛回來，手爪怒張，這回看準的是鍾流水的眼睛。

鍾流水奮力往外一彈，跟白霆雷雙雙倒在地上，避開土童子這一抓，同時間頭髮迅速增長，其中幾根扭轉成一根尖硬的細刺，蜿蜒繞向白霆雷後腦的鬼枕穴刺入，抽出，一股綠氣猛然噴出。

白霆雷啊的一聲喊了出來，痛！神智回復過來，發現自己跟神棍雙雙倒在地下，而且很顯然的，他把神棍壓制的牢牢牢，為什麼？

難道、難道、他在不知不覺中終於壓抑不住對神棍的滿腔恨意，終於下定決心要把人給打死嗎？

「神棍、這個、我不是……」趕忙放手，對於自己無意識透露出來的恨意，他絕對要否認到底，要不，事後神棍的報復他可承受不住。

鍾流水哪有空理這個笨蛋啊，土童子又跳過來了，卻見「萬鬼敵」暴映劍芒，一抹寒華摻幾縷煞氣，土童子身軀斜切而斷，磷光恰似血液噴飛，接著消失殆盡。

證物室外，只餘血跡斑斑的鍾流水，以及滿臉心虛的小警察白霆雷，而證物室裡，七條龍早已不見了影子。

鍾流水依然不放心，從懷中掏出一把火硝粉，瘸著腿，前前後後裡裡外外四處揮灑，這火硝粉是製作火藥的材料之一，剋陰的效果比朱砂更好，若是證物室裡還躲藏著鬼，一定會被逼得現出原型。

白霆雷看鍾流水腳上滿是鮮血，算他還有良心，懂得追來問：「帶你去整整傷口吧？奇怪了，你頭髮怎麼變長了？」

他當然不知道鍾流水的頭髮是怎麼變長的，他在被鬼沖身的時候，不會有任何記憶，因為他的身心全被鬼物給侵占。

鍾流水回頭，揪起白霆雷的衣領，拉過來惡狠追問：「你又把生辰八字給了誰！？」

「嗄、沒有！」白霆雷惶恐答。

「如果沒有，為什麼你會被鬼沖身？」鍾流水咄咄飆問。

白霆雷急得擦汗辯解：「天地良心真的沒有，我發誓，知道我八字的，只有家鄉的老爸老媽、你、還有之前被幹掉的張逡，什麼鬼沖身，你又唬我了吧！」

「張逡？」鍾流水回想起之前某個心術不正的惡法師，心念一動，「對了，他曾經在南洋待了十年……」

貳·
七龍朝天闕，五鬼鬧警局

「上回雖然被他逃走了，不過也只剩下個骷髏頭，沒辦法再作怪了吧？」白霆雷問。

「張逡執念很重，就算化成鬼魂前來恐嚇，我也不覺得意外。小霆霆，叫姬科長回來吧，今晚她的十二神獸根本無用武之地。」

總之，白霆雷覺得自己死裡逃生一回了，不過絕不可大意，眼前這腹黑神棍最會記仇了。

沒多久，一位高眺美豔的女人踩著三吋高跟鞋來了，肩上倚著品相美好、羽毛豐盈的紅鳥朱明，身後則跟著十二隻奇形怪狀的神獸。

她是警署總部特殊事件調查科科長姬水月，本身有「司獸」、「相獸」的能力，白天時獲得鍾流水的提醒，知道今晚總署的證物室裡會有鬼賊入侵，所以領了自己豢養的神獸們在外圍布置，若有小鬼逃出，擅長驅鬼的神獸會將小鬼一網打盡；警局內則預先清場，免得嚇壞那些並無特異能力的普通員警。

如今小鬼們全被鍾流水給殲滅，姬水月白白在外頭餵了一晚上的蚊子。

「他們……」姬水月透過監視器，全程目睹鍾流水鬥鬼的過程，這時候問：「到底是什麼？」

「有術師指使小鬼來偷東西，這是五鬼搬運。」鍾流水解釋，「但是剛剛那些小鬼衣著怪異，我認為術師來自南洋。」

「聽來鍾先生很了解煉小鬼的邪術？」姬水月甜甜問：「告訴我吧。」

鍾流水點頭，基本上他認為姬水月比白霆雷有慧根多了。

「要煉養五鬼，必須取五個男童的中指手骨，以五鬼符五道包裹後，放在六丁六甲壇下，選擇五癸日來開始祭煉，每日三次，連行七七四十九天，呼五鬼之名，等五鬼現形後立下血咒誓言，五鬼就會依著主人的願望行事，搬運東西，或者跟敵人鬥法……」

姬水月臉色變了，「要五個男童的中指手骨，意思是，殺了他們後取得？若是如此，案子牽涉的範圍就廣了。」

鍾流水搖頭，「不必殺人，只要找到鬼口經紀人就行了。」

聽到熟悉的名詞，白霆雷啊的一聲叫出來，但對於姬水月而言，她對「鬼口經紀人」這稱呼僅有個模糊的印象，記得田淵市發生過的屍鬼案件報告，裡頭就出現過這個名詞。

鍾流水接著說下去：「有些專煉陰術的法師，會前往南洋鄉間尋找一些剛死了孩子的貧苦人家，買孩子的姓名、生辰八字、照片、還有一小段中指指骨，然後轉賣給需要養小鬼的人，總之，你需要鬼，鬼口經紀人就給你鬼，這是市場的供需法則。」

「南洋？」白霆雷回想剛才鍾流水的怪異神色，自己也產生了聯想，問：「我們曾經碰過從南洋回來的……果然是張逡？」

「……誰知道？」鍾流水說。

白霆雷又問：「龍是哪裡來的？」

他完全不知道七條龍怎麼出現的，他本來跟著鍾流水在看監視器，然後五個小鬼憑空出現，接著是七條龍，然後神棍沒來由的喊了句「不好」後就追出去，他也跟在後頭，接著、接著、就發生了上述那些事情。

姬水月抱持著跟白霆雷同樣的疑問，小鬼的出現在意料之中，但是，龍怎麼來的？

「不就是這個嗎？」鍾流水微微一笑，一枚清代龍銀往上一彈後落回他掌中，而他另一隻手裡還有六枚同樣的龍銀。

白霆雷一臉鄙視，「神棍你又想糊弄我的智商了，這是古錢，又不是龍。」

「仔細檢查這枚錢，你看見了什麼？」鍾流水把一枚龍銀放到他手裡。

白霆雷把龍銀翻了又翻、看了又看，正面刻光緒元寶，背面卻是吉祥的五爪蟠龍雲紋，圍以英文，他很篤定的說：「這是市面上已經不能流通的貨幣。」

「朽木不可雕也。」鍾流水搶回龍銀，狠狠鄙視了白霆雷一把，「這龍銀的一面雕了龍，另一面是皇帝的名號，龍有威儀，皇帝則是人中之貴，打造銅錢的金屬則蘊藏大地靈氣，又因為流通的緣故，經過萬人之手，有陽氣、有貴氣、有正氣，三氣合一，龍靈現身。」

「這麼威，為什麼不多弄幾條龍，小鬼也逃不出去。」白霆雷忍不住質疑。

「七數為滿，加一個也沒多少效果，再說那位術師相當厲害，若是再來，七龍朝天闕大概也對他起不了效果了。」

姬水月回想剛剛鍾流水鬥小鬼的惡鬼模樣，心底還有些毛骨悚然，她問：「我不懂，為什麼鍾先生知道鬼要來偷這東西？」

就在她的纖纖玉手裡，有個黃色矮玉琮，這玉琮外表有土沁的痕跡，明顯可知道是從土裡挖出來的，也就是說，這很有可能是從古代遺跡或者是墓穴所出土。

所謂的玉琮，是古代一種內圓外方的柱形禮器，中間有孔洞，幾個月前這件玉琮由田淵市的古物商人葉鈞購入，卻因此惹來守墓髒傀的追擊；髒傀為了找回玉琮，於夜晚侵入葉家，後來全被鍾流水給殺了。

貳·七龍朝天闕，五鬼鬧警局

「在我來之前，很巧，葉先生家裡也發生了跟田淵市警局裡一樣的狀況，這兩處唯一的共同點，就是都曾經暫時置放過這玉琮，所以我大膽推測，小鬼們下一個侵入的地方就是這裡。」鍾流水說。

「這件玉琮有什麼古怪？」姬水月輕輕撫觸這玉器，問：「誰又會想要它？」

「自然就是髗傀的幕後主使人。」鍾流水說完，想起當時那位騎骷髏馬的無頭騎士，眉頭都不自覺的揪緊了。

「指使小鬼闖入民宅、警局，總而言之是犯罪的行為，應該抓！」白霆雷義憤填膺的說。

「怎麼抓？」姬水月反問。

「呃……」白霆雷想了想，說：「既然跟玉琮有關，當然要回頭找葉鈞，詢問他玉琮的來歷，牽連的人與事，揪出指使小鬼的人。」

鍾流水點點頭，對姬水月說：「剛才那些小鬼們鬼氣青澀，應該是剛煉成不久，妳可以去清查一下鬼口經紀人，看有誰在一個半月前賣過五根小孩的中指骨，由此來追蹤派小鬼來警局偷東西的術師。」

姬水月又問：「葉鈞那邊怎麼辦？他是一位謹慎的古物商人，即使我們懷疑他與盜墓集團有勾結，負責代銷贓物，卻苦無證據，若要從他方面來下手查案，很難得到他的全力合作。」

「把玉琮給我，我去問他。」鍾流水說。

姬水月眨眨眼，「證物不能外借……」

一聲冷笑，鍾流水說：「我若真想不告而取，多的是方法，跟妳說一聲借，只是不想讓妳難做人。」

白霆雷一聽，火冒三丈，「神棍你居然威脅警署總部的姬科長，她如果想告你，我會當證人，我——」

「閉嘴。」某兩人同時間白眼橫來。

白霆雷噤聲，神棍瞪他就算了，怎麼連姬水月也跟著飛白眼呢？他白霆雷還不是冒著給神棍暗算的危險，站到科長身邊來說話嗎？

這年頭，下屬都難為啊～～

姬水月也不是不領白霆雷的情，但她相信鍾流水並非只是空口威脅，以鍾流水的能力，想要任何東西，都如探囊取物容易，只是，她覺得鍾流水似乎別有意圖。

「鍾先生對這玉琮很有興趣？」她試探著問。

「是的。」鍾流水大方承認了，「我很在意這玉琮的來處，還有骷傀背後的那位無頭騎士，這幾個月來我對他朝思暮想，魂牽夢縈，無法自拔，一閉上眼睛就浮現他的身影，恨不得脅生雙翅飛到他身邊去——」

沒錯，不斷的想，不停的疑問，那無頭騎士到底是誰，又是從何處來？取走了藏在玉琮間的蚩尤齒，又把姜姜帶到地獄，這其中，到底有何發人深省的意義？他想知道所有答案，卻又不知從何查起，目前手中握有的線索只有這玉琮，他決定就從這玉琮開始調查。

「原來鍾先生早已經心有所屬，我就成全你。」姬水月也不嘰嘰歪歪了，把玉琮遞過去，「收下吧，明天我去古物市場買個贗品回來證物室頂著。」

白霆雷聽兩人的對話聽得滿頭汗，科長，妳這樣跟我家顧問私相授受案子的證物，是犯法的吧？還有還有，神棍，你是眼睛糊到蛤仔肉，居然看上了那個騎馬的無頭瘋子？你不是個超級大妹控嗎？怎麼可以移情別戀！？

更重要的是，騎士雖然沒有頭，可他白霆雷百分之百能確定，對方是個男人啊！你鍾流水對個男人朝思暮想無法自拔是演哪齣戲！

地球真是太可怕了，白霆雷好想回到火星去啊！

鬼事顧問、零伍。五鬼鬧。

【第參章】城隍迎神棍，
虎命代白澤。

葉鈞鎮定的請鍾流水上座，狗腿阿財也替客人倒一杯老闆透過關係購入的白酒，據說此酒集明代窖池釀造的精華，再由現代酒廠的首席調酒大師精心勾兌而成，酒色微黃，香氣襲人，鍾流水輕啜一口，眼睛都微瞇起來，像隻偷腥之後心滿意足的貓兒。

他喝酒，白霆雷可不敢喝，直接不客氣的質問：「葉先生，你跟警方說，玉琮是從風陵市的古玩市場上買的，這只是你想推脫買賣贓物的嫌疑吧？」

「真的是我無意間淘到的寶，要是知道它會引來�跟五鬼，再便宜我也不會要。」葉鈞臉不紅氣不喘的答。

同樣的，鍾流水也不相信他的鬼話。

「風陵市古玩街歷史悠久，特意去淘寶的行家可不少，他們不缺的就是一雙慧眼，這玉琮是實實在在的古董，這麼容易就讓你淘到？」

「但是……」葉鈞輕輕咳了幾聲，給鍾流水使眼色，有警察在一旁，他話只敢說三分。

「當他不存在，有事你說，別支支吾吾。」鍾流水說。

白霆雷在一旁幹譙，喵的老子不是死人怎麼會不存在？但是看在葉鈞打算鬆口好透露更多線索的分上，他也只好忍住一口氣。喵的老子就暫時死一死，辦案至上。

葉鈞沒辦法，說：「古玩街上有一家老字號店鋪玉珍堂，老闆姓楊，人面廣，總能從土夫子那裡收些好貨……」

土夫子原來是南方賣黃泥者的俗稱，他們會去墓葬群落之中挖取回填土，偶然會挖到隨葬品，賣掉後獲取的利潤比賣黃土高出不知多少倍。這裡葉鈞所稱的土夫子，指的就是盜墓賊。

鍾流水點頭，聽葉鈞繼續說下去。

「……楊老闆特意聯絡我去拿玉琮，就我所知，目前市面上有這樣特殊紋案的玉琮只有一件，所以行情好，他知道我國外的買主能拿出像樣的價錢，吃下貨……」

「楊老闆又是從哪裡收的貨？」鍾流水問。

葉鈞壓低音量說：「據說來自一個偏僻山村裡的古墓，沒有任何史冊或古書記載過，所以沒引起考古學者和盜墓集團的注意，玉琮是陪葬品。」

「我聽你說過，墓主人的後代子孫世代守墓，但其中有人耐不住山區生活，嚮往繁華世界，所以偷了陪葬品出來變賣……我要找的，就是那個人。」

「鍾先生對那座墓有興趣？」葉鈞訝異的問。

「我只好奇於玉琮裡的蚩尤齒是怎麼來的。」

鍾流水會這麼說，是因為他曾經在這件玉琮裡頭，找出一件被歐絲所包裹的蚩尤齒；所謂的蚩尤齒，是蚩尤身體裡的不化骨，蚩尤在歷經涿鹿之戰後，被黃帝砍了頭顱，他的一部分怨氣轉嫁到了蚩尤齒裡，化成了能隨意變化的兵器。

很可惜，這樣一件武器卻被那個神祕的無頭青銅盔甲騎士給奪走了，鍾流水雖然覺得騎士似曾相識，但他也不敢貿然斷定對方是誰。

他開天眼，專注眼中靈氣來掃過這玉器，這其中所得的訊息，可能還多過於玉石表象所能透露出來的線索。

玉石為土石的精粹，若是製成玉琮這樣的禮器，於殿堂宗廟裡行溝通天地的儀節，那就沾染了人的靈氣、天的神氣、混合上它本有的地氣，天地人三者合一，神聖無比，拿這樣的玉器作為陪葬品，自然是有保護墓主的意義存在。

這玉琮的外圍還刻著很不同於一般禮器的紋路，四面皆有無頭的戰神，手操五種武器，從他的天眼裡，他彷彿看見某種不甘滅絕的意志化成了血雨，從斷頸洶湧上了天際，凝結成怨恨的幽鳴，金戈鐵馬沙場上，塵埃直上雲霄——

一旁白霆雷見鍾流水神色怪異，立刻指戳對方臉蛋，問：「神棍、神棍！」

鍾流水沒回應，白霆雷覺得不對勁，戳的更加用力了，「神棍顏面神經失調，中風了？叫救護車吧。」

「你到底想戳到什麼時候？痛死了！」鍾流水的頰肉都被戳得抽搐了。

「你的眼睛……」白霆雷吞了吞口水，沒敢說下去。

事實上，鍾流水的眼睛如今紅氣流轉，就像淌著血一樣，如此的鬼氣森森，如此的沉鬱空洞，不帶一絲人氣。鍾流水大概也清楚自己的樣子，嘆口氣，閉上眼睛，幾分鐘之後睜開，依舊是一雙水水桃花眼。

「沒事。」他轉而對葉鈞說：「跟玉珍堂的楊老闆聯絡一下，我這幾天要去拜訪他。」

葉鈞為表誠心，當著鍾流水的面，電話裡跟楊老闆說有位低調的美國買主看中了玉琮，對同一座墓中的冥器很有興趣，而鍾先生就是買主的代購者，要親自去了解情況。

葉鈞掛了電話又提醒鍾流水：「鍾先生可別露了餡，要不楊老闆以後可不會給我好貨了。」

「知道了，我是美國買主的代理，他……」鍾流水指指白霆雷，「是幫忙提貨兼保鏢的跟班。」

白霆雷罵罵罵，神棍怎麼老愛占人便宜。

離開葉鈞家之前，白霆雷對鍾流水的鄙視又更加深一層，因為鍾流水居然又厚臉皮的跟主人拗走那瓶價值不菲的白酒，原因是——

「很好喝。」鍾流水解釋。

當時葉鈞眼皮還動了一下，也只一下下而已，可見他修養有多好，二話不說讓阿財把酒給提出來，包裝好，親自送到鍾流水手上。他不說，鍾流水跟白霆雷可都不知道，這白酒目前已經是有市無價，再多的錢也不一定買得到。

白霆雷再度騎上那台公家警用巡邏機車，噗嚕嚕噗嚕嚕，正要載著鍾流水揚長而去，鍾流水卻說不回家，要跟小霆霆往別處約會去。

「不是要準備前往風陵市？回去整理行李吧神棍。」白霆雷沒好氣的說。

「先往城隍廟去辦件事。」

白霆雷想到了什麼，說：「正好，上回我在城隍廟前摔車，受到廟公的幫忙，這就買些水果去謝謝人家。」

「買什麼水果啊，老城隍是我的酒友，不吃水果就愛喝酒，要不你以為我拿這白酒幹什麼用的？」鍾流水很得意的搖搖手中的戰利品，借花獻佛他最行了。

參・城隍迎神棍，虎命代白澤

「酒鬼。」白霆雷嘟囔著。

「古來聖賢皆寂寞，唯有飲者留其名，當酒鬼也沒什麼不好。」

當酒鬼也能當的如此自豪，難怪白霆雷最討厭他了。

田淵市城隍廟雖然不大，但歷史悠久，香火不絕，鍾流水顯然早跟廟裡的工作人員混熟了，經過金紙販賣部時跟他們隨口打了招呼，沒多久，一黑一白兩人影從廟後台走出來，正是城隍廟兩大看板郎——黑白無常。

雖然是替城隍爺勾魂攝魄的黑白無常，但他們兩人的穿著扮相卻完全走視覺系重金屬搖滾風，據白無常小白說，現代人太聰明了，一認出無常鬼就立刻跑，但自從他跟小黑換過了炫目的搖滾服裝去勾死人魂魄，他們跑都不敢跑，以為碰上流氓呢。

現代人怕流氓，不怕鬼，鬼差們也只好跟上潮流了。這是黑白無常在辛苦工作多年後的最新心得。

城隍廟裡，小白見到鍾流水和白霆雷，立刻話癆起來。

「唉呀呀將軍大駕光臨，真是巧啊，我們家老爺子這兩天還惦記著你，說你再不來，換他去找你了……呵呵小霆霆也來了，外頭那車你的？那車只有鬼騎得動，該報廢啦。提醒你一下喔，最近移民本市的貓咪愈來愈多，貓民們聽說這裡有貓王，嘿，不就是小霆霆你嗎！有空麻煩你整頓整頓，貓太多了，也不是件好事，鼠輩不夠吃……」

老子不是貓王老子不是貓王老子不是貓王……

鍾流水微微一笑，問：「城隍呢？」

「剛睡完午覺，馬上來了。」小白看了看廟外天色，歉然說：「將軍，我跟小黑先走了啊，市區剛發生槍戰，有歹徒被射殺，我跟小黑這就去領魂魄了。唉唉，萬惡到頭終有報，沒事去搶什麼銀行呢？那人要是不被惡友慫恿搶劫，起碼還有二十年命好活哪，真是，一念之差，得下地獄受幾千年的苦刑了。」

白霆雷一聽，緊張了，忙問：「什麼槍戰、什麼搶銀行？」

小白小黑對望一眼，糟糕，又多說了些不該說的話，小白立刻指著城隍廟外，問：「小霆霆，外頭那隻貓你帶來的？負責一下啊～～」

白霆雷氣死啦，這些貓兄貓弟貓姐貓妹們老愛跟在他後頭，立刻轉頭要去趕，一看，傻了，哪有貓？突然覺得不對，立刻轉頭看，果然黑白無常兩人不見了。

「又搞這一招，他們不煩我都煩了！」大叫。

「廟裡需肅靜，別大吵大鬧。」鍾流水指指右邊櫃檯處，說：「去索取一個香火袋來，有用處。」

白霆雷一愣，「要香火袋幹嘛？」

「要香火袋，當然是要戴在身上保平安，問什麼笨問題。」

的確是笨問題。香火袋其實就是一個紅色的布製或塑膠製小袋子，裡頭裝有廟宇主神押印的符令跟主爐的香灰，用紅線紮起來後，掛在身上保平安。

白霆雷的主要疑問是：連鬼都怕鍾流水，鍾流水還取香火袋保什麼平安？

當然，白霆雷知道自己若追問下去，肯定會再吃上幾個白眼，於是乖乖去取了一個香火袋，回來時，看見鍾流水正跟一位留著長鬍子，長眉闊目，穿古裝的中年男人在說話。

「欸你你你，不就是上回提藥箱來幫我擦藥的廟公嗎？你還一直說，救錯我了，救錯我了……」白霆雷認出人了。

撚鬚微笑，中年男人對鍾流水說：「你的白澤回來了，可喜可賀。」

「喜哪裡賀哪裡？比以前還笨，差點兒沒把我給氣死。」

「嘴巴說氣死，可將軍明明在笑。」中年男人哦呵呵。

「你又不是我，怎麼知道我不是怒在心裡，笑在臉上？」鍾流水反詰。

「既然怒在心裡，容老友我來幫你分憂解勞，你把白澤送我好了，誰都知道白澤愛吃鬼物，放在城隍廟裡，剛好。」

「你已有虎爺，能嚇阻四方邪魔侵入廟宇，別來覬覦我的白澤，就算他是個笨蛋也一樣。」

「一隻不嫌多，兩隻剛剛好，就連無常鬼也都成雙出任務，我給虎爺找個同伴，也是理所當然。」

「堂堂城隍爺，別故意鬧我心，喏，別說我來不帶禮，這給你。」鍾流水直接把手裡的白酒推過去，「實實在在的好酒，感動一下吧。」

中年人仰頭長笑。他正是田淵市的城隍爺，專司本市人民善惡的記錄、主持亡靈審判和移送，等於是小白小黑的頂頭上司。

「捨得把好酒送人，還以為『驅邪斬祟鍾將軍』轉性了呢，但我太瞭解你不可能轉性……說吧，要我幫什麼忙？」

鍾流水低聲說：「……換命。」

笑聲戛然而止，城隍老爺萬萬沒想到鍾流水會提出這種請求，面色為難，因為換命有違天道，他身為掌命數的城隍爺，當然深知道理。

人各有命數，會隨著今生的行善、作惡或者機緣而調整果報，但有些不肖陰差卻會為了私利而塗改生死簿，有些人間術師則以同名同姓，或者同一出生時刻的人來做調轉，讓鬼差提錯人，導致該死的沒死，不該死的卻橫死。

「將軍，就算咱倆有私交，但換命這事，我可不能……」

「唉呀呀你緊張什麼，我不過是想把這隻……」鍾流水指指白霆雷，「的八字跟你的虎爺調一下；這笨蛋不是我說，居然把自己的生辰透露出去，結果被有心人操弄，害得我差一點就殺了他，所以……」

白霆雷嘴巴張了張，想辯解，但終究覺得自己理虧，最後還是乖乖閉上嘴巴，算了，隨神棍怎麼說。

聽了鍾流水的解釋，城隍爺可也懂了，「同樣是虎獸，你是想藉此糊弄那位『有心人』？如果是暫時性的，我勉強可以接受。」

「多謝。」鍾流水說。

城隍爺這時候終於正眼看向白霆雷，說：「上次我說『救錯了』，是因為你當日有虎口一劫，我出手救了你，反倒害得白澤神魄延後回歸你的身體裡……唉、導致後來饕餮的壯大……」

「什麼、我還以為你……」

「以為我城隍老糊塗，以為我是壞心腸的老頭，以為我故意說什麼天機來嚇唬你？我堂堂城隍難道會分辨不清這裡頭的是非善惡？」

「沒錯、不不不、不是，我不敢……」白霆雷心虛的猛冒汗。

城隍爺撚鬚笑。哈哈，鍾流水說得沒錯，這小子是個笨蛋，幾句話就被唬住了，害他一樂，對白霆雷說：「來吧。」

要去哪兒呢？白霆雷雖然有著深深的疑問，卻也不敢多說什麼，只好跟著城隍及鍾流水走。

三人經過黑白無常、文武判官、十八羅漢的塑像，繞過算盡功過的大紅算盤，本來以為他們的目的地是廟後頭，結果卻大出白霆雷意料，因為城隍爺這麼一位陰間大官，居然帶著鍾流水到供奉自己塑像的案桌前蹲下。

白霆雷僵在他們後頭，搞不懂，這兩人搞什麼鬼。

「喂，你也跟著蹲，別讓人注意這裡。」鍾流水招呼他。

參．
城隍迎神棍，虎命代白澤

白霆雷只好跟著蹲，這才發現供桌下有一尊石刻的老虎，虎前設香爐，另有供品小三牲，顯見這並非只是裝飾品。

這是虎爺，城隍爺的坐騎，凶猛有威儀，專捕厲鬼，除煞，雖然安置在隱密的供桌之下，但牠的頭一定朝外，能嚇阻四方妖魔進入廟堂；又因為虎爺通常都窩在神桌之下，高度跟小孩子差不多，所以民間都把虎爺視為是孩子的守護神，有些家庭還會把難養的小孩子送給牠做乾兒子，保佑孩子無災無難的長大。

同為虎獸，但是跟白澤比起來，城隍的虎爺有親和力多了。

城隍爺斟了一杯白酒給虎爺，摸摸牠的頭，說：「阿虎啊，幫幫將軍的忙吧。」

鍾流水這時也朝白霆雷伸手說：「香火袋給我。」

白霆雷遞交了過去，他根本不知道鍾流水想搞什麼鬼，自己倒是對虎爺很有興趣，總覺得這石像流彩橫溢，姿態生動，昂首挺立，彷彿下一秒鐘就要朝外撲過去。

老虎果然是威風的，白霆雷樂得呵呵笑，他也是虎嘛，同類之間，果然多了些親切感。

鍾流水要白霆雷伸出左手中指。

「幹什麼？」白霆雷隱隱覺得不妙。

鍾流水由髮中掏出一根細細的桃枝，俐落的往白霆雷指腹上輕刺一下，白霆雷就覺心臟微微一痛，一滴血泌了上來。

「喵的每次都不先說一聲就讓人見血，你你你，桃枝是消毒過了沒？起碼用酒精給我的傷口消毒一下……」

白霆雷再也忍受不了，他也不是沒脾氣的人，但每次神棍都是我行我素，把人家的身體當成自己的所有品來使用，想取血就取血，想騎乘就騎乘，到底有沒有人權的觀念啊？！

沒有，所有認識鍾流水的人都知道，鍾流水的字典裡沒有「人權」兩個字。

滴血的中指壓按到虎爺額頭上，鍾流水啟齒唸藏魂神咒。

「天蒼蒼，地皇皇，虎爺隱藏你生辰，神不知，鬼莫見！」

白霆雷心神一陣恍惚，體內一股奔騰的氣竟然透過中指，源源不絕竄入石刻的猛獸裡，害他以為自己靈魂要被抽光了，潛意識就想要拉回手。

「別動。」鍾流水穩住他的手，輕聲解釋：「人的五指正好對應五行中的金木水火土，而男左女右，男人左手的中指裡陽氣最強，也負載了魂魄的流向。虎爺接收了你的部分血與魂魄，相對也回饋了牠的，這就是換命。」

參・城隍迎神棍，虎命代白澤

「有、有沒有副作用？」白霆雷忍著頭暈問。

「……」鍾流水頓了一頓，說：「沒有。」

神棍你剛剛那幾秒鐘的沉默是怎麼回事？真的沒有任何副作用？

鍾流水拆開香火袋的縫線，掏出裡頭的符令，對著虎爺說一聲「得罪了」，押著符令在牠頭頂上摩娑，口中喃喃又唸：「魂歸身，魄歸體，借魂借魄隨步行——」

石鑄虎爺的眼睛陡然發亮，然後白霆雷發覺自己的視角變了，彷彿他正趴在案桌下，鍾流水的手放在自己頭上，重複做著以符紙摩娑的動作，而跟在鍾流水身後，眼睛燁燁亮的，卻是——

自己？！

他嚇了一跳，再度眨眨眼，睜眼後，之前的幻象又不見了，鍾流水依然蹲在自己前頭，石頭虎爺依然是石頭虎爺。

「大功告成。」說這句話的是城隍爺。

鍾流水看似滿意了，收回符紙放回香火袋中，讓白霆雷掛在身上。

「戴這東西很奇怪，不要。」白霆雷拒絕，現代年輕人誰會掛這種沒格調又醜不拉嘰的東西在身上啊。

「原來你喜歡被強迫，很好，我最喜歡強人所難了。」鍾流水點點頭，那就磨刀霍霍向豬羊吧——

「我戴。」一秒鐘內，白霆雷做了他人生中最明智的抉擇。

走出城隍廟時，意外的，城隍爺把酒塞回鍾流水手裡，後者不悅的問：「嫌酒不好？」

「你現在比我還需要這東西吧？聽說上回你吃了一記炳曜星焰，賠了一半靈力，須用醍醐灌頂來滋養仙根，所以別跟我客氣了，日後有的是喝酒的機會。」

鍾流水與他相視對笑，低聲道：「還真瞞不過你啊。」

「若要人不知，除非己莫為。」城隍爺說：「要想回復靈力，滋穴的神濻或者可以試試——」

鍾流水打斷他的話：「滋穴位在終北之國，太遠，而我有其他緊急的事要處理，有空再去吧。」

城隍爺搖搖頭，原本還想提點鍾流水說他臉上黑氣纏繞，有殺伐臨身之相，但是想了想，就算說了，一向我行我素的酒鬼大概也只會將自己的建言當成是馬耳東風。

那就讓一切依照命運，該來的都來吧。

當鍾、白兩人離開城隍廟有一段距離後，白霆雷終於開口問了他剛剛一直就很想問的話。

「你們說的換命，到底怎麼回事？」

「我請虎爺調轉你跟牠的生辰八字，如果再有人想以陰法來控制你，那法術只會施加到虎爺身上，你則安全無虞。」

「那、虎爺被下了法術，會怎麼樣？」白霆雷忍不住問。

「虎爺道行比現在的你高深多了，不在乎吃那一些小法術。」鍾流水說著說著又怨懟了，「明明白澤的魂魄都入你體了，怎麼你還那麼容易著他人的道？我真擔心……」

「擔心什麼？」

「沒什麼。」

鍾流水不語了，他真正擔心的卻是某隻曾經逃脫的上古凶獸，雖說對方也身受重傷，但隨時有捲土重來的一天，若是到時白霆雷還沒辦法跟體內神獸的魄完全融合，只怕不是那隻凶獸的對手。

也只能走一步、算一步了。

鬼事顧問、零伍。五鬼鬧。

【第肆章】袖裏乾坤大，
壺中日月長。

七月已近，暑假即將到來，稻穆高中一年級學生張聿修，在期末考的第一天早上，騎著腳踏車拐入桃花院落的門口。

腳踏車剛停放好，看門雞小玉就穿過一堆凌亂擺放的酒罈子，飛來朝張聿修打招呼。

咯咯咯，聿修同學又認真又高大又帥氣，上學從來不遲到，哪像我家的小主人姜姜，這會兒還蒙頭睡大覺呢，聿修同學你一定要善用自己的人格特質來感化他唷~~

張聿修照習慣先往地下灑一把從家裡帶來的生米，小玉好快樂，翅膀拍拍啄米去了。張聿修接著看看滿地的酒罈子，奇怪，鍾先生最近喝酒喝得愈來愈凶了，更奇怪的是，他到如今還沒有因為酒精中毒而死，仙人體質真不是蓋的。

撇開對鍾流水的疑慮，他腦中沙盤推演了幾下，計算自己每一步該如何走，才能順利越過酒罈子，最後終於安全的走到桃花樹下。

他朝閉目養神的鍾流水打招呼，「鍾先生，家父說了，你儘管放心出門去旅行，我們會照顧好姜姜。」

「替我向張掌門道謝。」睜眼，鍾流水說：「這次出門也不知道會多久回來，姜姜若是散漫懶惰，請張掌門努力教訓。」

張聿修不敢接詞，鍾先生你自己都帶頭散漫懶惰，姜姜有樣學樣也是應該的，這怎麼叫我們來教訓呢？

「小霆霆怎麼還沒來……」鍾流水不滿的舉葫蘆喝了口酒，突然間像是想到了什麼，瞇瞇笑著朝張聿修招手。

「對了，有件事要交代給你。」

張聿修眼皮猛跳，有不好的預感上身，但也不敢說不，只能任鍾流水拉著進入古色古香的堂屋裡。

經過姜姜房間時，鍾流水探頭進去看了看，見他仍睡得沉，也不說什麼，繼續拉著張聿修到他自己的房間裡。

這房間昏沉黑暗，一件帶圍欄的藤床放置中央，鍾流水二話不說把張聿修給拉上床，放下淡黃色的幔帳，讓裡頭變成了個隱密又安靜的小空間。

「鍾先生，這是……」張聿修大大的不解，好像、呃、孤男寡男，熟人還在附近的房間睡覺，不太對吧？

鍾流水正坐，指著黃色幔帳問：「你知道這是什麼布？」

張聿修認不出來，他還在擔心鍾流水想對自己幹什麼，根據白霆雷的小八卦，鍾先生很喜歡亂吃些東西，比如說眼珠子、比如說內臟……

鍾流水卻彷彿沒看出他的不安，只是說：「炎州火林山上有一種火鼠，鼠毛細如絲，能織成火浣布，但這種布的最珍貴之處，並非髒了之後放在火裡就會變得乾淨，而是……」

「什麼？」

鍾流水仰頭，「遮天蔽日。」

「遮天蔽日？」

「是的，遮日夜遊神，蔽值日功曹。」

張聿修一凜，自然知道日夜遊神是監察人間善惡的巡遊神，值日功曹則等於是巡邏官，任何事情都難以逃過他們眼目。

鍾流水到底打算……

幔帳微晃，鍾流水平舉隨身不離的小酒葫蘆，虹光自葫蘆口一閃，張聿修反射性伸臂，擋開那直射入眼的炫光。

眼睛還沒睜開，身周卻已經燥熱無比，好像有火焰熊熊燃燒，張聿修心覺有異，眼睛睜開一

肆．
袖裡乾坤大，壺中日月長

條縫，就見無數條焰芒圍繞著兩人遊掠，每道焰芒都是一條淘氣的海鰻，凌虛懸滾，一蓬蓬彩光光輝豔麗，目不暇給。

「這、鍾先生、這是……」張聿修駭然了。

鍾流水平靜的說：「莫怕。」

光芒散盡，葫蘆口上方飄著一張長約一尺、廣有三寸的絲布，布面青瑩如玉，上頭符文鮮紅如血。

「使用此符，需先默唸追神咒，取東方青炁、西方白炁入腹，左手斗訣，右手劍訣，焚符吞之。」

「這是什麼符？」張聿修仍然有些悚懼，這符與他慣看的不同，出現便有強大威壓，一種靈動的活力充塞於這小方空間裡，就好像這符是活的，而鍾流水的言下之意，是要將這符傳授過來，這、他自認沒有駕馭這符的能力。

「追神咒不得出於口嘴，只能以心傳心。」鍾流水再度握住張聿修的手，「凝神靜心，我要將咒語傳入你的識海裡。」

「是。」

張聿修閉眼，龐大的資訊量源源不絕自鍾流水的掌心傳來，這些資訊化成一道道的光，順著他的血管經絡流入腦海，又感覺全身的細胞都發熱膨脹，直到那些細胞再也承受不了，一顆顆爆炸了，爆炸成宇宙的星塵，於黑暗的識海裡滾滾擴散……

身體再也沒有知覺，他化成一根輕羽，於爆炸過後的識海裡飄盪，識海是完全黑暗的，但在黑暗之中，有顆微光正在迸射、膨脹，那光將他吸引過去，而光裡，一疊疊的文字在旋轉、飛舞。

他驀然瞭解為何鍾流水要如此的慎重其事，因為這符，是一道傳說中的符。

張聿修頓悟之後，身體又變重了，彷彿遭遇了彗星襲擊，他於震撼中驚醒，睜眼看，鍾流水依然趺坐於對面，在一張木床上，眼裡有驚奇。

「唉呀你沒死，不錯，可見你跟這符有緣。」掩嘴哦呵呵笑，「若是沒慧根的人吃下這符，會爆炸成天上的小星星唷。」

張聿修臉都黑了，鍾流水這不擺明了是拿他這小輩當實驗品，用他的生命開玩笑？

「所以，鍾先生……」他很小心的問：「你確定我不會在接下來的幾天爆炸？」

確認這點很重要，關係到他要不要先趕回家去把遺書給寫好。

鍾流水搖搖頭，悠悠說：「……如果姜姜再度化為凶神，這或許是唯一能制伏他的武器，我不在的期間，你多擔待著點。」

「鍾先生，姜姜到底是什麼？」張聿修謹慎又問。

鍾流水微笑，同樣的問題，白霆雷也問過。

「等你用過了這張符，或者你會告訴我答案。」最後他說。

「為什麼要傳給我？我無德無能——」張聿修是真的惴惴不安，他不懂，甚至是有些害怕，這張符暗示著姜姜的來歷特殊，甚至能撼動天地，而他也看過姜姜變化為凶神的模樣，十六歲的他沒把握能……

「我是他的血親，你是他的好友，這就是種扯不斷、理還亂的緣分，我們會出現在他周圍，是冥冥中注定的，這世上絕沒有巧合之事。」鍾流水說：「以平常心待之吧，或者他到死也不會覺醒。」

「是，這樣最好。」張聿修低聲說，他絕對不想與姜姜成為敵人，只想是朋友，就算姜姜天兵到徹底，也沒關係。

突然間外頭傳來喊聲：「神棍、神棍！」

張聿修聽出那是白霆雷的聲音，「白先生來了。」

白霆雷看外頭沒人，就自行摸進屋子裡來了，正好看見鍾流水跟張聿修從掛了帳幔的木床上出來，他臉都綠了。

「神棍、你、你、你——」

你了三聲就說不下去，可惡，神棍居然誘拐未成年男孩到床上不知道搞什麼七七八八的，報警！不對、自己就是警察，為了端正社會善良風氣，為了將欺騙少男的資深妖孽給繩之以法，他非得將鍾流水給扭送到警察局不可！

鍾流水說：「看你的眼睛就知道，你認為我幹壞事了。」

「人贓俱獲，別狡辯！」白霆雷吼完，又懇切對張聿修說：「你不用害怕，我會保護你，你可以老實說出他怎麼欺負你、脅迫你、威嚇你——」

嘟！神棍的藍白拖正中白霆雷眉心，天旋地轉有木有！金星繞圈有木有！俐落仰倒，後腦勺正中門板，痛得白霆雷哀哀叫，唉唷我的媽～～

鍾流水跳下床，瀟灑走到白霆雷身邊，撿回鞋穿上，又說：「走吧。」

白霆雷好不容易爬起來，追出去，「神棍，你給我說清楚！理由正當我就不捉你！」

肆．
袖裡乾坤大，壺中日月長

鍾流水已經走到桃花樹下，卻又回眸一瞪，「祕密。」

「什麼祕密？」

「根據你的智商，我解釋個十天十夜你也聽不懂。」

「你心虛！」

「誰心虛啦？告訴你，我不過是偷傳了個祕方給張同學，畢竟要離開這麼多天，總得找人看著姜姜，順便弄些保險的措施。」

「簡單的事情搞得那樣曖昧，我覺得神棍你是故意的。」

「你心術不正，所以眼裡事事歪斜，我卻是俯仰不愧於天。」他拍拍桃花樹，仰頭對著滿枝的桃花微笑，「灼華妳說對嗎？」

桃樹舞起一片風，枝葉摩娑花香迷濛，好像她也正回以柔柔的呢喃。

她說：哥哥，保重。

「我讓神荼、鬱壘陪著妳，妳不會寂寞。」鍾流水將身上藍袍褪到腰間，背後光芒陡現，發出燦光的，竟是他後背上的刺青。

一般傳統的道上兄弟會在身上刺龍刺虎刺神明，新潮些的年輕人則弄些美式風格的圖案，但鍾流水背上的刺青卻是兩位怒眉豎目的武士，袒胸露乳虯鬚黑髯，那是曾守於度朔山桃花樹鬼門關的神荼、鬱壘兩兄弟，專責管鬼、吃鬼。

「出來吧。」鍾流水說。

金芒由背上迸射而出，斜旋後飛上天空分左右翻騰，再雙雙墜於鍾流水身前。

「兄弟，有事直言。」兩道聲音同時發出，聽來就像是一個人在說話。

「我不在的期間，灼華就請你們多多擔待了，若是天上人來刁難，讓巷口的阿七去應付。」

「有咱倆在，兄弟不須愁。」神荼、鬱壘又對一旁虎視眈眈的白霆雷說：「白澤啊，你也要好好照顧兄弟，他喝太多酒的時候要擋一擋、他吃太多鬼的時候要擋一擋、他開殺戒的時候要擋一擋……」

「喂喂喂他都這麼大個人了，不需要我當保母！」白霆雷都抗議了。

神荼轉頭對鬱壘說：「都輪迴成人了，小貓怎麼還耍脾氣？」

鬱壘答：「他不是小貓，他是虎。」

神荼又說：「貓跟虎長得都差不多。」

鬱壘也說：「不管是貓是虎，有他陪著兄弟，咱倆也安心。」

肆．
袖裡乾坤大，壺中日月長

兩人極有默契的互視點頭，再度化為金光，沒入桃花樹中，害白霆雷罵罵咧咧，這兩人可真是聰明啊，一發現他拳頭舉起來，立刻逃得比狗還快。

鍾流水卻是大大放鬆，有神荼、鬱壘守著，小妹安全無虞；而天地之廣，最讓他掛記的就是這個小妹，最疼愛的也是這個小妹，若說十年修得同船渡，百年修得共枕緣，他與小妹卻早已在時光的河流裡伴依萬年以上，這緣分超越一般的親與情，再也不分是彼是此。

連帶著，他也開始掛記起姜姜來，姜姜是小妹的一部分，所以即使饞懶，有些事他還是必須親自去釐清。

重新穿好衣服，他說：「走吧。」

看他兩手空空兩袖清風，白霆雷問：「行李呢？」

「這裡吶。」鍾流水指指腰間的小酒葫蘆。

「你你你、要出門好幾天，你居然只帶壺酒！」白霆雷恨的都髮指了。

「袖裡乾坤大，壺中日月長，我袖裡千機萬變，我壺裡包羅萬象，夠了夠了。」

「隨便啦，但我先說好，別想跟我借牙刷牙膏。」又指指屋裡頭，「不把姜姜叫醒，道別一下？」

「昨晚上該說的我都說了，現在又有章魚在，我放心得很。」

章魚是張聿修的綽號，姜姜都這麼喊他，鍾流水也習慣這樣稱呼張同學。

小玉從陰暗的花叢裡飛出來，猛啄白霆雷小腿，一人一雞重新上演你啄我腿毛、我拔你雞毛的戲碼，直到鍾流水制止。

「小玉你捨不得小霆霆？拔一根腿毛當紀念就好了……兩根也可以……無三不成禮？隨便吧，別把它當成毛毛蟲給吃掉，會拉肚子……」

神棍你！！

張聿修目送兩人離開後，看看手錶，唉，上學又快遲到了，姜姜到底要睡到什麼時候？不知道世界上有一種東西叫做鬧鐘嗎？

隔著房門看，果然，姜姜露著肚臍在床上呼呼大睡呢，張聿修要喊人，房間地面突然晃動起來，床板、衣櫥也跟著搖晃不已，書桌上的文具甚至因此都跌落地上，發出嘰哩叩嘍的嘈雜音效，姜姜卻依舊睡得跟隻豬一樣。

這不是地震，而是鬧凶。鬧凶通常會發生在陰氣濃重的地方，產生物品無風自動，或是盆罐桌椅自動發出聲響的現象，但也有一種可能是，未經訓練而靈力厚重的人，會在睡覺時無意識的散發出靈氣，這時候，只要想辦法叫醒當事人就行了，目前姜姜的情況就屬於後者。

張聿修卻很為難，雖然鍾流水教過他，姜姜鬧凶時只要往他臉上甩一巴掌，就能解決困擾，但、看著姜姜同學那嫩得跟豆腐一樣的臉頰，謙謙君子張聿修真的很難抉擇。

「小玉小玉……你變肥了……可以吃……」

想也知道說夢話的是誰。

張聿修立刻轉頭看房外，好險小玉不在，牠要是聽到了，一定會傷心的離家出走。

「章魚章魚……醋薑章魚也好好吃……」

夢話繼續中。

張聿修臉抽筋了，好吧，那就用用鍾先生傳授的高招，打吧。

就在掌心與臉頰即將進行超完美接觸時，張聿修的手卻突然被定在姜姜身前十公分處——

不、不是他臨時後悔，而是有人旋臂橫伸，以迅雷不及掩耳的速度抓住了他。

張聿修的手再也無法移動分毫，如被鐵漿給焊死。

「……玩夠了吧，桃花仙……」某人眼皮未抬，清冷質問。

「姜姜？」張聿修驚疑交加。

一聲姜姜彷彿喚回了心智，黑黑長長的睫毛輕顫，某人張眼，僵凝無神，被鬼沖身了一樣，但是很快的，瞳眸凝聚，流燦光華，一雙水水桃花眼與鍾流水如出一轍。

「咦，章魚？」姜姜滿臉的莫名其妙，「我抓著你幹嘛？我正夢見吃醋薑章魚，就上回你媽媽做的冷盤……」

「你明明……」

「明明？」眨眨眼睛，疑問。

「……沒什麼，今天期末考，別遲到。」張聿修不著痕跡的掙脫被限制的手，說：「快去刷牙洗臉，我給你帶早餐了。」

「喔。」姜姜跳下床，又問：「舅舅走了？」

「對，你從今天開始到我家住，不過要等考完試才准你玩電腦。」

「吼，當初說好不是這樣的！」姜姜氣堵堵，一張臉變成膨脹中的河豚了，「那我情願跟舅舅出去旅行，起碼不無聊。」

誰跟你說好了？怕無聊為什麼不利用機會多讀點書？你上次的期中考試只差一分就是全班最

後一名了！

好寶寶張聿修沒說出上述這些話，只是嘆口氣，心裡揣測，是群青巷的風水不好嗎？班上期中考最後一名的陸離同學也住在附近啊。

「快遲到了快遲到了快遲到了——」算姜姜還有危機意識，邊叫嚷邊把洗臉刷牙等例行公事做完，立刻揹著書包衝出門，邊跑邊吃早餐，都忘了人家張聿修有騎腳踏車來。

咚，巷子口外，姜姜撞上一堵牆。

哪來的牆？

還沒搞清楚為什麼會撞上一堵牆，姜姜人就已經往後飛跌，咚咚咚，地球表面你好，地球表面再見，唉唷不好，地球表面我的屁股又來了。

「陸離怎麼又是你！你走路不看路的喔，吼，低頭族！」屁股在地球表面彈了三彈的姜姜齜牙咧嘴爬起來，指著眼前俊美秀麗，如水晶剔透明亮的少年大叫。

少年叫做陸離，是姜姜與張聿修的同班同學，他其實是天上的貪狼星君，為了查明姜姜的真實身分，這才幻化少年體形，用盡一切手段混到姜姜的生活圈裡，包括成為他的同學，進入同一個伺服器裡玩網遊，臉書裡加好友，下課後請他到福利社喝淡定紅茶——

陸離連看他都沒時間，低頭繼續用彈弓射出他的紅色憤怒鳥，唉唉唉那些豬真討人厭，看我把你們統統打下來，救出所有的蛋——

「借我玩！」厚臉皮的姜姜直接伸手。

「別吵我，要過關了。」眼也不抬，繼續低頭奮鬥，快，建築物要塌了！

「別太沉迷遊戲啦，要適可而止。」姜姜以老大哥的姿態說，「等等我幫你收好，你可以放心的考試。」

百忙之中陸離還不忘瞪他一眼，這天兵有資格叫人別沉迷遊戲嗎？他的字典裡到底有沒有「自知之明」四個字？

「誰買給你的智慧手機？喔喔，你親戚！他好好喔！」姜姜繼續羨慕。

「嗯，他買的，搭配導航系統，免得我在市區裡迷路……」終於破關了，陸離臉上好滿足啊，但抬頭一見到姜姜，立刻斂容，他可是高貴的貪狼星君，表情得隨時保持端正。

「可能知道你太沒腦子，所以他才預先做好防範措施。」姜姜說。

陸離恨得牙癢癢，但是過去無數次與姜姜的交鋒中，他早已經發現一條金科玉律，那就是：

千萬不要跟天兵爭辯，否則別人會搞不清到底誰才是天兵。

「對了，沒看過你親戚耶，我認識嗎？」姜姜問。基本上他只知道陸離大概住在哪個區塊，卻不知道是哪家。

「你不認識。」陸離忙說。事實上他住在土地公阿七那裡，而阿七，本為天上七殺星君，因為犯了天條被貶下人間，目前是小小土地公。

「對了，聽說你舅舅……」陸離又問：「去旅行？」

「對啊，鬼事調查組的案子，所以舅舅跟白叔叔出差去了。」

「去哪兒？」

「嗯……」姜姜想了想，「風陵市吧，好像是古物走私案……所以這幾天我都住在章魚家，嘿，晚上別忘了連線玩創世神，記得開RC語音……」

「那個……」牽著腳踏車的張聿修同學很理性的提醒他們，「快遲到了，遲到的人要罰站，別聊了。」

姜姜立刻跳到腳踏車後座，回頭對陸離說：「我們先走了，陸離你也快一點，訓導主任把你列為重點輔導目標，因為你每天都遲到……」

腳踏車絕塵而去，留下陸離一個人發怔，幾秒鐘之後他才又醒悟過來，可惡，又被姜姜給擺一道，故意拖延自己上學的時間，好讓全校看他的笑話！

正要跨步趕上去，卻又遲疑，他回頭輕聲問：「什麼事？」

巷子裡一扇紅色木頭門呀然開啟，阿七提著陸離的書包走出來，「光顧著玩手機，書包卻忘了帶，你、唉、忘了今天期末考吧？」

陸離這下都惱羞成怒了，為什麼所有人都提醒他今天學校要考試？他堂堂一位貪狼星君，天之驕子，為什麼會栽在番邦的語言裡？還有什麼數學的等差等比、多項式函數，物理的電與磁、能量……他只要懂得支使五方雷將，要多少雷電有多少雷電！

把書包擋回去，他冷冷說：「你化成我的樣子去考。」

「沒接受過人間正統教育的我，考出的分數不會比你高多少。」阿七斟酌了下，提議：「跟城隍商借一位高學歷的新鬼，讓他上你身去考試，可好？」

陸離憎惡的說：「讓低賤的鬼物上身，你認為我會答應嗎？」

阿七當然知道，有輕微潔癖的陸離那麼高、呃、貴，當然不願意讓鬼魂碰觸，但——

「你可以不用那麼辛苦。」阿七勸，真心誠意，貪狼星君應該繼續於天庭裡高貴輝煌，何必特意下來沾染凡塵？

陸離接過書包，冷哼，「……算了，是我自己執意求玉帝派遣，你不必放在心上，更不用覺得欠我人情，只要管好你分內的事情就好。」

阿七苦笑，他又何嘗不知道，貪狼星君之所以下凡，只因七殺、貪狼及破軍三星拱照紫微，缺一不可，同袍多年的情誼，怎可能眼睜睜看著對方貶謫凡塵？所以破軍一人留在天上，攬了其他兩人的職責，貪狼則下來幫助他，都希望他早日立功，將功贖罪後回到天上。

「對了，桃花仙帶著他的寵物倏然離開，很有蹊蹺啊。」陸離突然說。

「我查過了，有術師煉五鬼，往遙平市警局去搬運某項證物，而這樣證物是從一位叫做葉鈞的古物商家裡取出的。」

「葉鈞？」陸離眉眼一動，敏銳的問：「不就是蚩尤齒失蹤的地方？」

「所以鍾先生對這案子有興趣，情有可原，蚩尤齒跟饕餮息息相關，上回饕餮又從他手裡逃脫，難怪他願意離開桃花院落。」

「我卻認為……」陸離眼神炯炯，「他心中早有了答案。」

「有了答案又如何？公布答案對他而言，並非是件好事。」

「所以我擔心他會湮滅證據。」陸離認真的說：「我們應該跟去，看他搞什麼鬼。」

「……你還是先去學校考試吧，考完就放暑假了。」

陸離一拂袖，「我為你著急，你卻如此淡定，不知情的人都會以為你是桃花仙的同路人，這樣可好？」

「只剩三分鍾就要敲鐘，讓星軺載你去學校吧。」

「不用了！」陸離板著臉，「我自己去！」

哼，罰站就罰站，用不著別人擔心，反正他貪狼跟破軍的一番苦心，在阿七的眼裡，就是多此一舉，好心當成是驢肝肺，豈有此理、豈有此理！

阿七突然追過來，說：「等一下！」

「幹什麼？」陸離冷冷回一句，心中倒有些驚喜，難道阿七想通了？

「走路看著前方好好走，上回你就是低頭玩手機，結果撞上電線桿……」

「不准跟任何人提這件事！」怒！

「噗。」某人失態笑了出來。

陸離頭也不回離開，邊走邊罵。每個人都有顆頭，但不是所有人的頭裡都裝了會好好思考的腦袋，對，阿七的腦袋就是顆石頭，硬得不懂轉圜。

然後，可能是因為太暴躁，周身布起滿滿殺人的氛圍，再加上訓導主任體貼學生要考試，不想讓全校女同學分心跑到校門旁去欣賞冰清玉潔的帥哥，這回他居然大方放過遲到學生，讓陸離免於被罰站的苦刑。

所以說，老天爺若是關上了你一扇門，必然會替你開另一扇窗。

鬼事顧問、零伍。五鬼鬧。

【第伍章】喬扮買玉客，自薦捉鬼人。

風陵市距離田淵市遙遠，要抵達該處，免不了一番舟車勞頓，也因此有人的臉色很難看。

誰？當然是鍾流水啦，按照他的說法是：小霆霆你乾脆變回白澤，憑你的超強腳力，哪需要花上一整天才到目的地呢？啊往日那些美好的時光何在？那些我騎著你繞過神州大地，於天地之間縱橫的快意啊，一去不復返～～

至於白霆雷的回覆是：幽浮的巨型手臂出現在太陽表面，都會被NASA給拍到，一隻老虎載著神棍到處晃，路人隨手拿起手機拍，推特、臉書很快就能將老虎綁架人類的畫面傳遍全市界。

「白澤不是我想變、想變就能變！」白霆雷最後以一聲虎吼做總結。

「……也對，你比較笨。」鍾流水居然也同意，「阿七跟我說過，對待愚笨或是驕橫的小孩，都必須耐心點，打罵教育不適合。」

白霆雷：誰笨了我才不笨阿七是哪裡買的育兒書裡頭都是騙人的我不相信！

「對了，神棍，你臉上的胎記怎麼又不見了？」白霆雷從出發起，就對這事好奇，平日神棍跟他的見諸魅焦不離孟、孟不離焦，怎麼這會兒卻不帶她出門？

「你在意她？」鍾流水古古怪怪的問。

「當然。」白霆雷很肯定的點頭，一出場存在感就特別強烈的蝙蝠，哪可能讓人不在意。

伍．喬扮買玉客，自薦捉鬼人

鍾流水卻是略顯苦惱了，「唉呀呀，蝙蝠跟老虎能不能結婚呢？會生出四不像的小崽子吧？那就太委屈見諸魅了，她可是純種血瓔珞啊，出身高貴……」

「神棍你想太遠了吧！誰會跟隻蝙蝠結婚？！再說啦，她高貴我就不高貴嗎？我可是白澤，跟黃帝說過話，跟饕餮打過架，誰能比我強……」

總之紛紛擾擾吵吵鬧鬧的兩人終於還是在晚上抵達目的地風陵市，但因為時間都晚了，兩人決定先好好休息一個晚上，第二天再搭車前往葉鈞提到的那家古玩店。

飯店是早早就訂好了，兩人偽裝成有錢人的代購者，選的自然也是高級的飯店，但是，當鍾流水站在燈火輝煌的飯店前頭，他卻皺眉了。

「這間飯店給人感覺不太好。」

「哪裡不好？」白霆雷問，他可是私下打聽過了，在這裡住一晚上，所費不貲啊。

「風水不好。」鍾流水說。

可能是職業病作祟，從一入飯店到搭電梯、走過長走廊進入客房時，鍾流水就不停的對身旁提行李的服務人員嘮嘮叨叨。

「飯店旅客總是來來去去，留不住陽氣，而且除了特定的餐廳之外，其餘樓層都沒有廚房，廚房是一個家裡的火旺之地，沒有火，就會聚陰。對了，小弟啊，你們的電梯是不是常常會自動停下，門開時卻沒有旅客？剛剛我看見了……」

服務人員哭著說：「先生請您不要說下去了，我還要在這裡工作，我現在好害怕啊，我不收小費了行不行？全飯店的員工都知道、那個、那個、趕不走我們也沒辦法嗚嗚嗚～～」

「神棍！」白霆雷同樣喝止鍾流水，哪有人剛入住飯店就指責人家家裡有鬼？要是他們被飯店趕出去，逢上觀光旺季，人生地不熟的兩人很有流落街頭的可能。

鍾流水卻反問他：「你也看到了吧？」

「看到什麼？喔、對、剛剛五樓那個人很不禮貌，按了電梯也不進來，浪費別人時間。」白霆雷說。

服務人員又哭了，五樓電梯門開的時候，他什麼也沒看到啊嗚嗚嗚～～

鍾流水聳聳肩，小霆霆的陰陽眼果然犀利，該看到的都會看到，可惜就是腦袋笨，沒注意到那人臉帶黑氣，鬼意盎然。

服務人員走後，鍾流水坐在落地窗旁欣賞夜景，悠悠然然。

「來都來了，小霆霆你去外頭打聽一下……」

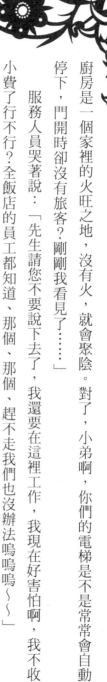

伍．喬扮買玉客，自薦捉鬼人

「要我調查什麼？」白霆雷立刻放下手邊的工作，因為姬水月交代過，要他全力以赴幫鍾流水查案。

「風陵市有湧泉，數千年來都未乾涸，以湧泉釀成的酒冷冽清然，色澤金黃有桂香，稱為桂醪，去給我買一瓶來。」

白霆雷嚴肅拒絕，「酒錢不能報公費，想買自己去買。」

「小氣。」

鍾流水最後舉了自己的小酒葫蘆，喝幾口自己釀的桃花酒，連澡也沒洗就醺醺然的睡了。白霆雷想罵嘛，又不知從何罵起，只好提著嶄新的大公事包，回到自己的房間。

公事包裡裝著的不是文件、也不是鈔票，而是那件玉琮，被好好包裹在防震防摔的保護袋裡，按照鍾流水的說法是，小霆霆你人丟了沒關係，這玉琮卻不能丟，丟了你給我生個一模一樣的出來。

「小玉要能生顆蛋，我就負責生塊玉給你。」白霆雷當時很不負責任的說了。

而鍾流水也應景的嘴角一抹獰笑，笑得白霆雷毛骨悚然，真擔心對方是不是會因此弄些奇怪法門，把他白霆雷變成女人，好生個玉琮出來。

愈想愈害怕，唉、洗洗睡了。

第二天上午，白霆雷以電話跟玉珍堂的楊老闆約好時間，拖著還酒醉想賴床的鍾流水出飯店搭車過去了。

他們要去的古玩市場，是風陵市裡收藏品最集中也最熱鬧的地方，貨品以金銀瓷器、木器、玉器、銅器、古錢幣、銅鏡等等為主，市場裡永遠擠滿了熙熙攘攘的觀光客，他們也最受到熱情的招呼，畢竟觀光客的身上總是有帶著鈔票，慕名氣而來，本身對老東西的見識有限，很快就被店員的舌燦蓮花給弄得暈淘淘，不小心就買了什麼清代皇帝用過的鼻菸壺、楊貴妃生前最愛的鏡子、或者文徵明的紙本墨畫回家。

當然，全都是假的，想要淘到真正的寶物，買主必須擁有相當的眼力。

玉珍堂位在古玩市場的小巷子底，觀光客很少會走進這裡，所以店門看來冷清，但所謂的三年不開張，開張吃三年，老店來往的都是老客，而那些老客也大多是真正的收藏家，對普通的貨品也看不上眼，只要偶爾成交一筆生意，也都夠玉珍堂老闆享福個幾年了。

鍾流水和白霆雷兩人抵達時，楊老闆正戴著手套，聚精會神翻閱一本手稿，手稿書頁都泛黃

伍・
喬扮買玉客，自薦捉鬼人

了，上頭全是蠅頭小楷，而根據楊老闆眉頭微皺的表情，這書稿保存的並不算完好。

趁店員招呼鍾、白兩人的時候，楊老闆結束手頭上的工作，小心的要將手稿放回樟木箱子裡，突然間臉色一凝，原來他在箱子底發現了件東西，那是幾百根深色細絲捲成的髮圈，無端頭無接縫，類似小孩子玩的橡皮圈。

「小張，這物件跟著箱子一起的嗎？」楊老闆問。

店員小張探頭看了看，說：「一起的，賣主說，他小時候看家裡人取書稿，那東西就已經在箱子裡了。」

楊老闆笑了笑，也就不以為意，對鍾流水說：「不懂價值的年輕人把祖先留下的東西變賣，也就賺些花天酒地的資本，可惜了，這是龍虎山天川道長的手稿啊！要是原主有細心保存，起碼可以再翻一倍的價錢。」

鍾流水不置可否的點點頭，卻對那類似髮圈的物品，多看了好幾眼。

白霆雷不懂那些古物，他以任務為重，立刻以葉鈞給的身分自我介紹了一下，說明來意，又遞過事先準備好的名片，上頭以英文給鍾流水安了個英文名字，以及美國辦公室的電話號碼跟地址。

當然，楊老闆如果真想求證名片上的資訊，姬水月那裡也早已安排妥當，會有人在當地接聽電話，地址上也真有個辦公室。

楊老闆跟夥計照例先暗自將兩人外型過濾一遍，西裝筆挺的白霆雷外表有軍警之風，卻又跟一般保鑣謹慎小心的態度不同；至於一旁的鍾流水，疏懶散漫，身上藍袍頗有古風，看不出是什麼材質的布料，這倒給人某種莫測高深的感覺。

當鍾流水接近之時，若有似無的酒味傳來，楊老闆一下就能確認了，奇裝異服的鍾先生昨晚肯定是去本市的夜總會花天酒地了一番，所以，如果想要搞定大生意，從酒色財氣上頭下手準沒錯。

「小張，別怠慢了葉先生介紹來的貴客。」楊老闆殷殷勤勤的慰問旅途勞累。

在小張泡茶的期間，鍾流水微紅的桃花眼隨意朝店鋪古董架子上的器物流盼，隨口說：「這裡都是些冒面兒、做面兒，好貨應該都藏在後頭，嗯？」

冒面兒是指仿製真品的貨，做面兒則是憑空作假的貨，老闆一聽，就知道鍾流水是懂門道的，瞭解像他們這類鋪子絕不會放真貨在店鋪架子上，外頭擺的那些全是仿真度極高的工藝品，騙騙那些自以為識貨的半吊子買家。

伍．
喬扮買玉客，自薦捉鬼人

「鍾先生是內行人啊，不急，喝杯茶，小號最近進了些貨色，跟那件玉琮差不多年代，玉質更為細緻……」

鍾流水看看小張剛送來的茶水，眉微蹙，他不喝茶的好不好！難道就不會送酒過來嗎？這樣的臉色卻被楊老闆給誤解了，以為鍾流水擺起架子來了，他是生意人，自然就繞個彎，笑意能有多甜就有多甜。

「要不，鍾先生對字畫有興趣？別看小號店面不怎麼樣，其實經手許多名人真跡，如果有特殊需要……」

鍾流水拿起他的小酒葫蘆，喝一口，打斷楊老闆的話。

「明人也不說暗話，我是針對那件玉琮來的，那應該出自於古代南方民族所崇拜的戰神之墓，但葉老闆卻說，相關的陪葬物品，目前僅知只有那一件？」

「賣家是個很精明的女孩兒，我跟她說過，有多的冥器都拿來，我高價收購，她卻說就這麼一件了，唉、也許是他們沒挖到點上，你知道，很多墓主為了防盜墓，弄些假墓室來掩人耳目。」楊老闆說著說著，都覺得可惜了。

鍾流水壓低聲音問：「方便引見那位賣家嗎？葉老闆什麼都跟我說啦，只要我付得起錢，保證買下所有挖出的文物，你就能替我找到人才，下個斗、沾點土——」

下斗、倒斗就是盜墓，而鍾流水說保證買下所有挖出的文物，就表示不管盜墓者挖到了什麼，都不需自行處理，買賣產生的風險也就大大的降低。

「這……」楊老闆可沒想到，代購者一來就提出如此敏感的話題，所有人都知道，盜墓是重罪，所以一切都是暗地裡進行，而葉鈞居然將自己穿線人的身分給透露出來，眼前這人沒問題吧？

白霆雷在一旁緊張兮兮的，就怕鍾流水亂說話，讓楊老闆產生警覺，這樣一來，想要再追問出賣玉琮者的下落，可就是難上加難了。

鍾流水換了個舒服的坐姿，繼續輕啜他的桃花酒，連帶自己的面頰與眼角也染上一層淡淡的桃紅，在這異鄉小小的店面裡，他倒是有著高人雅士的風懷，不慍不火，恬淡自然。

「不好嗎？」他輕聲又問：「我要的就是那墓裡的東西，倒斗前後期準備工作的所需費用也由我方負擔，價錢隨你開。」

楊老闆暗裡思忖了起來，雖說是葉老闆介紹的人，但倒斗風險大，而鍾流水這人看來淡定過了頭，在未完全摸清楚對方底細之前，也不敢貿然答應。

伍．
喬扮買玉客，自薦捉鬼人

「鍾先生若想花錢，來個探幽尋奇，老頭子當然願意幫忙，不過現在入行的人不多，一時半會兒也難找齊人手，更別說那位賣家有所隱瞞……」

「所以，只要女孩兒能透露更多的線索，楊老闆你就能安排後續的行動嗎？」鍾流水站起身來，「那好，我親自去找她談談，相信只要出得起高額代價，一切都好商量，小霆你說對不對？」

最後這一句是朝著白霆雷說的，弄得白霆雷一愣，立刻回過神來，點頭，「是、是、你說的是。」

「我說的都是金科玉律，是金玉良言，所以你才對我心悅誠服，視若父母，對吧？」

可惡的神棍，想玩我也看場合好不好！？白霆雷罵你在心口難開，只能假裝揉揉鼻子，把怒抿的嘴角給拉成嚴肅的線條，壓著嗓子說：「是、只要鍾先生吩咐，我什麼都做。」

楊老闆看呆了，這位鍾先生表面看來跟朵花一樣，教訓起人來卻是話中有話，軟中帶硬，弄得楊老闆都為難了，他好像什麼都還沒答應，鍾流水這裡卻已經好像篤定成行了的樣子。

或者，他想，就先把鍾流水支去跟那女孩兒周旋周旋，他可以趁這時間，跟葉老闆多旁敲側擊鍾流水他老闆的背景。

「那女孩在風陵大飯店裡的秀場擔任表演，要看秀得先預約，我幫鍾先生預訂兩個座位吧。」

楊老闆飛快的在紙上寫了飯店的名字，以及那女孩的姓名，白霆雷接過，很巧，兩人入住的就是風陵大飯店，而女孩子的名字很好聽，叫做趙憐，楊老闆認為她口音特殊，卻聽不出是哪裡人氏。

看來事情進行的很順利，白霆雷心想，原來趙憐離他們如此近，待會就直殺回飯店裡，把趙憐給找到。

楊老闆把兩位客人送到門口，鍾流水卻在跨出門檻一步後回頭，似乎有話想說。

「鍾先生可還有事情交代？」楊老闆察言觀色後，問。

「嗯……」鍾流水往店裡頭看了看，最終微微一笑，說：「沒事。」

沒事才怪。有些機緣遇上難得，但也要那人命中註定有那個機緣才行，鍾流水才不打算道破天機呢。

計程車後座上，白霆雷呵呵咧嘴笑個不停，鍾流水愈看愈厭惡，最後直踢一腳，要他住嘴。

伍・
喬扮買玉客，自薦捉鬼人

「為什麼不能笑？不覺得事情很順利嗎？」白霆雷因為心情太好，也不炸毛了，樂呵呵問。

當然不能笑，寵物要是太快樂，主人就沒什麼心情去戲弄、去調教、去鞭笞，這樣人生會很無聊的好不好。

以上自然是鍾流水的心聲，但他憂慮的另有一層。

「我討厭事情太順利，表示後頭必有難關；再說了，敢於獨自出來販賣冥器的女孩，背景總是不單純，她到底是何方神聖？」

「……喂，神棍啊，我覺得你對這件案子熱心過了頭，是因為姜姜嗎？」白霆雷突然問。

沒錯，鍾流水不過就是田淵市特殊事件調查小組的顧問，按理說，針對案子超乎常理的部分，他只需要給予建議即可，幹嘛非得主動來這一趟？

「不為姜姜難道還為你？你一個小小坐騎，乖乖聽我話就是了。」

你才是坐騎你全家都坐騎！白霆雷又彆扭又牙癢，想把可惡的神棍給撕得稀巴爛，但前頭司機在呢，只好忍下，直到下車都沒跟鍾流水說話。

可能是一語成讖了，他們兩人居然見不到趙憐，據說是因為趙憐在飯店秀場裡表演的幻術太受歡迎，加上她本人年輕貌美，秀場經理更是刻意將她營造的神祕完美，所以不讓她輕易露面，要見她，只能在秀場上。

「那好，我們進秀場。」鍾流水說。

飯店經理和氣的說明：「鍾先生，幻術表演一票難求，如今預約座位，都要排到一個月以後了。」

白霆雷不理這種官方說詞，說：「誰有空等上一個月？我知道，你們一定會留些公關票給官員或貴客，給我們兩張吧，我們有要事。」

經理搖頭，卻還客氣的說：「抱歉，那不是我能做主的事。這樣吧，我安排兩位先生來個夜遊船的行程，在具有豐富歷史文化背景的古河道中，享受燈光水影，體驗思古幽情……」

白霆雷很想大罵：老子是來辦事、不是來玩的！給老子兩張票，老子跟神棍想辦法接近姓趙的女人，問完該有的線索就離開！

總而言之白霆雷也有破案的壓力，所以他開始對經理死纏爛打，甚至捋起袖子跟經理耍起賴。不過呢，經理之所以為經理，應付各種奧客是訓練有素的，他不卑不亢說著得體話，強調秀場的表演並非是本飯店服務的強項，他可以推薦飯店頂層的舒壓按摩室，可以一面享受精油按摩服務，一面欣賞夜景——

伍．
喬扮買玉客，自薦捉鬼人

「老子不要欣賞夜景不要按摩，老子要看幻術表演！」白霆雷耐性幾乎都用盡了。

飯店經理依然微笑以對，「就算有公關票，也在秀場經理那裡，我真的做不了主。」

「神棍，你也說說話啊！」白霆雷終於把鍾流水推上戰場。

鍾流水還沒開口，那位曾經替鍾、白兩人提行李的服務員卻匆匆走來，請經理到一旁去，就著耳朵小聲說了幾句話。

很抱歉，咱們的白霆雷可是白澤的轉生，虎魄上身之後，一雙耳朵已犀利到昨晚隔壁房夫妻吵架都聽得一清二楚，如今飯店經理離自己不過三公尺遠，自然把服務生說的話都聽到耳朵裡。

「……又有客人見到……要求退房……求償……投訴報社……」

經理這下終於憂愁上眉頭，飯店裡某位久住不離的人又惹事了，而且頻率愈來愈高，這回惹上了難纏的客人還不要緊，但是明天會有一團工商視察團入住，這一團體裡頭還包含國外的經貿官員，若是給對方帶來麻煩，飯店累積多年的信譽就沒了。

當務之急，還是該找些比以往更高明的道士前來，或者能亡羊補牢一番。

「抱歉，先失陪了……」經理臉色發青的對鍾、白兩人說。

鍾流水擋下他，「鬧鬼了？」

經理臉色轉青，為什麼這人知道鬧鬼的事？

鍾流水淺然一笑，他耳朵可不比白霆雷差，加上心裡早已經有數，這下可找到見縫插針的機會。「……相信貴飯店曾經找過許多術師來解決，卻都徒勞無功是不是？這跟鬼無關，卻跟飯店的風水有關。貴飯店的風水是金朝甕格局，能讓飯店財源廣進大賺錢，但這種格局，有個大缺點。」

「什、什麼大缺點？」飯店經理眼皮一跳，問。

「缺點嘛，應該就報應在飯店持有者的子孫輩上頭，至於報應了什麼，我哪會知道啊，我又不認識你家老闆。」鍾流水涼涼的說：「若要我來估算，起碼會有兩位男丁被金屬類的器械傷害，你去求證吧。」

飯店經理這下從容不起來了，他是飯店老闆的親姪子，知道一些內部機密，其中包括老闆曾經在建設飯店前，透過關係請到一位香港風水大師，弄了個鮮為人知的金朝甕風水局，保證飯店能財源滾滾。

顧名思義，甕是一種口小腹大，用來盛東西的陶器，金則是指金銀等錢財，金朝甕指的就是金錢全會自動滾來甕裡，但要達到財源滾滾的目的，卻需要利用陰狠的手段來達成。

伍·
喬扮買玉客，自薦捉鬼人

「金」之一字，雖可以指稱為金錢，但也有兵器的意思，金朝甕這樣的格局能讓飯店老闆在幾十年間大賺金錢，金屬的鋒銳之氣卻會對他的子孫不利，所以飯店老闆的一個兒子年輕時出了車禍而截肢，有個孫子在美國讀書時，遭搶劫受到槍傷，一隻眼睛瞎了，這是標準為了賺錢，而犧牲少許後代子孫的典型缺陷風水局。

經理這下是猜疑又震驚，這金朝甕的風水局是個不對外公開的祕密，以免競爭者請其他的風水師來破局，鍾流水又是怎麼知道的呢？

「怠慢鍾先生了，可否借一步說話？」經理也不敢大意了，乾脆好言好語的請人私下去聊天。

鍾流水敲敲自己腰間的小酒葫蘆，哀聲嘆氣，「沒酒了呢，飯店裡有沒有供應桂醪？我慕名已久，跟班又懶，不肯幫我去找，唉唷，養這種跟班有什麼用？連酒都不給我……」

白霆雷氣得眼皮直跳，養他的是千千萬萬的納稅人，不是這酒鬼！

經理點頭哈腰，熱絡的說：「我立刻安排送到鍾先生房裡。」

「快一點，我走一上午都累了，想睡個午覺。」某人趁機拿翹了。

說完轉身就走，把經理丟到當場，白霆雷趕緊跟上，兩人進電梯後，白霆雷忍不住用手肘頂頂一旁的神棍。

「到底怎麼回事?神棍你瞞了我什麼?」

對啊，他白霆雷一頭霧水，搞不懂，不斷給他軟釘子碰的圓滑經理，怎麼會被鍾流水幾句話弄得失措?

鍾流水以手掩嘴哦呵呵笑，以為他資深妖孽當假的喔。

兩人回到房間十分鐘後，經理果然送來了禮盒，雖說風陵市裡，連超商都會供應相似名稱的桂醪給觀光客當伴手禮，但經理居然取了當地老字號酒廠每年限量出產、有黃金瓊漿之稱的桂醪來，就是要表現他的誠心。

鍾流水直接以口就瓶喝將起來，喝了兩口之後，還大聲的咂咂嘴，搖頭晃腦要吟詩，幸好經理開門見山問起話來。

「鍾先生，關於金朝甕……」壓低聲音，「鬧鬼、這個、難道有關連?」

「當然有關連，你先老實說，飯店蓋好後，有人在這裡橫死的嗎?」鍾流水抱緊酒瓶問。

「五年前有一對美籍華裔夫妻，帶小孩來這裡度假，第三天晚上，小孩因為先天性的疾病而死亡，這點在當時的警方記錄上都詳細記載了。」

「有那小孩的生辰八字嗎？」

「那小孩是某年某月某日某時生……」經理很快報了出來，因為之前曾經請道士來超渡，所以早就暗中打聽了小孩的生辰。

鍾流水推算了下，說：「這小孩的命格沒問題，不是他。還有其他人嗎？」

經理擦擦汗，「在飯店過世的真的沒有了，其他有兩位則是舊疾發作，於醫院中斷氣的。」

鍾流水凝重的問：「老實回答我，飯店底下埋了什麼？」

這突如其來的疑問讓經理瞎愣了愣，不太理解鍾流水的問題，「什麼？」

鍾流水察言觀色，看得出來，經理是真的不懂金朝甕真正的格局是如何擺布出來的，他嘆口氣，正經說：「我能解決問題，但、你要怎麼報答我？」

經理嘴角都抽搐了，光那一壺桂醪就已經所費不貲，這人居然還想拿更多好處，但是，看這位怪裡怪氣的鍾先生如此胸有成竹，甚至說出了「金朝甕」三個字，或者真有些門道吧。

「……秀場的票，我會想辦法。」經理也不笨，最後說。

「經理很上道啊。」鍾流水笑咪咪說：「你這就去準備吧。」

「現在？」經理倒是愣然了，「不是應該等到晚上……」

「晚上還要看秀場表演呢，所以我給你個大優待，用最急件來處理你的案子。」鍾流水想了想，問：「你既然是飯店經理，應該知道，飯店某處藏了支黑令旗。」

經理立刻顯得有些不自在，支支吾吾問：「黑令旗怎麼了？」

「跟黑令旗有很大的關連呢。」鍾流水閉上眼睛掐指捏算，算畢，睜眼又說：「一般說來，黑令旗會擺放在建築物前後，但金朝甕格局是險逆局，黑令旗會安在甕底處，大概就在飯店的地下室，對吧？」

經理焦躁的在房間裡踱步，這傢伙神了，怎麼知道黑令旗真在地下室中？雖然對鍾流水的要求很為難，但事情迫在眉睫，看來也只好從了。

「我如何能確定鍾先生是真的能幫我解決飯店的鬼事？」

「簡單啊，讓你看見鬼就行了。這附近公園有水塘，塘邊植滿了柳樹，你派人去摘一些來。」

經理匆匆下樓，喊人去準備柳葉；至於秀場的票也不是大問題，正如白霆雷說的，飯店一定會預留些公關票，以免有些高層人士臨時起意前來，飯店也能因此做做人情。經理想，如果鍾流水真能解決鬼事，這票根本不是問題。

伍・
喬扮買玉客，自薦捉鬼人

經理走後，白霆雷哈哈笑，拍著鍾流水肩膀說：「神棍唬人的功力太厲害了，幾句話就騙得經理把票貢獻出來。」

鍾流水側目來瞪，「誰說我唬人啦？」

「不是騙他們說有鬼？」

「有眼無珠的笨蛋。」

「好好的為什麼罵人？」白霆雷又生氣了。

「我不是罵人，而是陳述一項事實。」鍾流水斜靠窗邊的椅子裡，閉眼享受他的桂醪純釀，養精蓄銳。

鬼事顧問、零伍。五鬼鬧。

【第陸章】見鬼朝金甕，鎖魂黑令旗。

鍾流水與白霆雷站在飯店地下室停車場中，周圍繞著一堆百萬名車，飯店經理則在旁確認這兩人到底想做些什麼。

「真熱。」西裝筆挺還提著公事包的白霆雷開始不顧形象的脫西裝外套、鬆領帶。

飯店經理跟白霆雷一樣穿西裝打領帶，但基於職業形象，加上多年來天天都穿西裝上班，早已經習慣了，卻仍舊有滿腔的疑問。

「鬼在哪裡？」

鍾流水反問：「黑令旗呢？」

經理遲疑了一下，領他們走到停車場最邊區的一個隱密角落，那裡有個小神龕，神龕潔淨異常，前頭香爐插一支細竹竿，竹竿上綁一塊三角形黑布，布上寫了些符咒，前頭有水酒三杯。

「我任職第一天就被交代，每天都必須來這裡上香敬酒。」經理說。

「上香時，你見過飯店的鬼嗎？」鍾流水反問。

「沒有，但有幾位員工反應過，曾經在地下室見到黑色的霧影飄盪，也有旅客反映有人敲門，開門後，外頭卻空無一人；曾經有敏感的媒體上門來說要做個旅店見鬼特輯，都被我擋掉，鬧鬼對飯店而言，畢竟是不太好的名聲。」

鍾流水朝經理勾勾手指。

「來。」

經理自從受親戚提拔，擔任這家飯店的對外負責人之後，那是三教九流都看遍，更擅長與脾氣大又愛擺架子的客人們打交道，飯店中發生任何狀況都能淡定以待，但如今見鍾流水對他勾手，竟有種魂魄都被勾攝的錯感，不由自主就朝鍾流水走去，似乎有誰控制了他的軀幹。

鍾流水隨手從袖裡取出不久前拿到的柳葉，白霆雷不解的問：「神棍你想幹什麼？」

「經理說過，想確定我是真的能幫他解決飯店的鬼事，所以我要讓他開開眼界。」鍾流水解釋，「有幾種簡單的方式能讓凡人見鬼，往眼睛裡滴上幾滴臨死之人流下的眼淚，但這眼淚必須經過加持才有效……」

白霆雷嘟噥著，不衛生……

鍾流水繼續說：「……或者移植陰陽眼擁有者的視網膜，被移植者就同樣能識陰辨陽……對了，小霆霆應該知道誰有陰陽眼吧？」

白霆雷自動往後退了兩步，他本身即有陰陽眼，而他硬是從鍾流水平淡的解說裡，聽出某種不言而喻的威脅。

鍾流水一笑，他還真是故意威脅小霆霆來著呢，人家都說，工作之餘不忘娛樂，把人家警察嚇得心驚膽顫，也是一種樂趣。

「沒、沒有其他更簡單的方法嗎？」經理不安的問。

「有啊，柳樹背陰生長，能聚陰氣，是觀察非人之物的最佳媒介。」說是這樣說，但是單純以柳葉擦擦眼睛，並不能如傳說中的立刻見鬼，還必須有術師唸咒給予助力才行，要不，所有人隨手拿葉子往眼皮上貼貼，鬼事調查組可就疲於奔命了。

鍾流水在經理眼睛上就著柳葉擦了一擦，一股冷氣貼上了眼球，經理打了個冷戰；當柳葉去除，經理眨眨眼睛看向四周，地下室跟往常一樣悶熱，而此刻除了他們三個人之外，什麼鬼也沒有。

經理開始對鍾流水失去信心了，不是說能見鬼嗎？鬼在哪裡？而且，大白天的，捉得到鬼？然後鍾流水俯身，拔起了那面黑令旗。

當令旗離開香爐的瞬間，尖銳怪音拔地而起，被低矮的天花板給反彈，又迴盪在車與車的間隙中；陰冷氣息自地下緩緩冒起，燠熱的停車場陡然間成了低溫冰櫃，迴旋不停的惡音不斷勾起人心深處的恐懼，白霆雷和經理兩人反射性的縮起肩膀，抖一身雞皮疙瘩。

白霆雷吞了吞口水，但現場的寒氣卻像是殘忍的手爪，卡住了他的喉嚨，這讓他的提問都變得如此艱辛：「怎麼……回事？」

一雙水水的桃花眼瞇了起來，帶點小孩兒拿起新玩具的興奮，他揮揮甩甩那面旗，說：「用你的陰陽眼仔細瞧，瞧出什麼沒有？」

白霆雷搔搔頭，說：「這好像廟前廟後插的旗子……對了，神明神轎出巡的時候，也會用令旗做前導……」

咚一聲，有人腦袋被敲了，敲人的鍾流水一副恨鐵不成鋼的模樣，「誰要你說這個啦？仔細看，有沒有奇怪的東西附著在上頭？」

白霆雷正要再度開口，經理卻搶先說了：「好像……黑氣？」

說完他自己也覺得訝異，他天天都會來祭拜這黑旗一次，之前正常無比，怎麼這時卻看見一團濃稠如瀝青的黑氣附著在黑令旗的上頭？他揉了揉眼睛，黑氣還在，難道這不是幻覺？

鍾流水繼續敲白霆雷的額頭，「隨便一隻阿貓阿狗都比你有慧根，人家看到了你還沒看到，考不考慮重新投胎啊？」

經理眼角抽搐，他不是阿貓阿狗。

鍾流水開始閒雅的在鮮亮的汽車之中穿梭，好像他不是來捉鬼，而是來賞花、採花，但那偶然閃過的眼中流光，卻又透著一股若有似無的犀利，好像看見了什麼，卻又像是什麼也沒看見。

白霆雷同樣也跟著走、跟著看，但老實說，他的心神大部分都被整齊排放的豪華轎車給吸引住，喔喔這一台是手工打造的法拉利，啊那是奢華相爭的頂級捷豹，他幹警察幹一輩子也買不起裡頭的內裝啊……

恍惚間聽到鍾流水對經理說：「……天陽地陰，地平面處陰陽參半，地下室處於地平面之下，陰氣比地上來的旺盛，白天時候鬼自然而然就躲在這裡休息，要捉鬼，所以來這裡。」

經理是毛之又毛，一瞬間居然覺得這地下室裡是鬼影幢幢，當然，或者這是他的錯覺，偏偏這時候鍾流水又靠近他，還特意壓下嗓音，低低嘎嘎的說話。

「暫時別讓任何人進入，要是有人看見了什麼，往外嚷嚷，我可不負責。」

經理吞了吞口水，假裝很鎮定，但微抖的語尾卻洩漏了他的動搖，「我已經、已經交代過了，說地下室正在補漏中，這段期間若有需要用到車輛代步，飯店會提供車輛。」

鍾流水很滿意，隨手從懷中掏出兩張預先畫好的保身符，交代那兩人放在身上，這保身符能定魄定魂，不懼邪魔鬼怪；他又拿出一個裝滿火硝粉的布袋出來，讓白霆雷跟經理站在一塊兒，圍繞著他們，以火硝畫出了一個圓圈。

白霆雷問：「畫地為牢？」

「我用剋陰的火硝替你們圍出了一圈雷池，讓你們待在安全區，這樣就算鬼出來了，也不會越這雷池傷害你們。」鍾流水解釋。

聽鍾流水這麼一說，經理終於有些放心了，加上身邊還有個白霆雷，起碼給自己壯壯膽。

搞定這兩人後，鍾流水焚燒一道招魂符，口唸招魂咒：「鬼神鬼神鬼見鬼，令旨一下速速歸！」

寒森森黑氣自地縫裡飄起，是顆粒粗大的霧氣，不似雪花有結晶體，類似乾冰，凝結了約有半公尺高，乍看之下，停車場裡的所有車輛都像浮沉於朦朧的湖水裡。

唯一例外的卻是白霆雷和經理所在的那個小小圈子，霧透不進去，他們像是被一層隱形的防護罩給包圍著。

鍾流水站在霧裡繼續唸咒，每唸一遍就燒一道符，同時揮舞黑令旗，如此循環有七次後，霧氣漸深漸濃，四面八方嚶嚶哭叫，但那或者只是有風擦過牆壁而已，但也足以讓火硝圈裡的經理膽顫心驚。

地下室宛如黑水潭，雖說是黑色的霧，但那色澤又並非是全然的黑，溶滾了些許的暗澤血氣，翻騰攪弄轟擊。

鍾流水繼續輕搖黑令旗，黑霧咆哮著，最終成了個小型龍捲風，捲得令旗飄啊飄，鍾流水的藍衫也飄飄。

「現形！」鍾流水輕叱，揮出黑令旗，劈開地面那層霧，硬生生將旗柄插入水泥地裡。

陰風咻咻襲捲，如毒品一樣煽惑人心。地下室裡，腐敗的血味與腐屍臭氣交錯，位在保護圈內的白霆雷與經理兩人都不禁掩起口鼻，超臭的。

鍾流水皺起眉，這臭氣飽滿，可見黑令旗引出的鬼已經蓄積了足夠能量，即將成為厲鬼，此刻若不收服，這鬼遲早會大開殺戒。他手一振，暗紅清香桃木劍於掌中發出柔和的光芒，將黑霧擾動了，湧起一波波不安分的浪潮。

黑霧裡現出一個縹縹緲緲的人形，看不清面目，卻陰鬱的令人難以逼視，雷池裡的經理因為被柳葉開了眼，因此能將黑影看得清清楚楚，頭一次見鬼的他都嚇傻了，兩腿不斷發抖，要不是身旁還有個白霆雷可以抓，他早就屁滾尿流坐地上。

「那、那個……」他抖抖抖指著黑影問：「……真的假的？」

陸・
見鬼朝金甕，鎖魂黑令旗

「呃……」白霆雷揉揉眼睛，很不確定的說：「火災了？」

好多的煙，而且是黑煙，那煙還弄得像是個人形，誰來告訴他，這到底是不是火災呢？怎麼煙霧偵測器都沒感應到？飯店的消防安檢不合格啊……

咚，一物橫空丟來，差一點兒就把白霆雷給震出雷池圈外，他好不容易站穩，大怒。

「神棍你！」白霆雷爆跳如雷，根據這熟得不得了的力道、角度，吼，神棍又拿他招牌的藍白拖鞋砸人啦！

鍾流水卻是冷靜低罵：「到現在還進入不了狀況，陰陽眼放在你臉上可惜了！」

白霆雷一愣，聽神棍的語氣，難道這裡真有鬼，不是神棍為了騙票亂掰的？

黑色鬼影吼叫，音波奔騰，鍾流水劍舞光影，擊擋下猛烈風颾，黑色人形被衝擊的扭曲了，迸散成一點一點的蝗影。

「別逃，陪我玩玩。」一抹獰笑閃於鍾流水嘴邊，捉鬼的人比鬼還要恐怖。

很快黑色蝗影聚合再成人形，形體比剛剛更加完整，黑色的手指尖上探出十道尖銳的利爪，臉上橫亙尖尖利齒，絕望與悲哀的笑聲交互充斥而來，衝擊力如同冰石，一塊又一塊不斷打上現場三個活人的胸腔上，讓心臟都跟著疼痛而寒冷。

「白、白先生，沒問題嗎？」經理臉色也跟鬼一樣扭曲了，雖然早就做好了心理準備，但真正見識到了鬼魅，身體的恐懼反應就自然而然產生。

「這樣就害怕？讓我告訴你，這世界上最可怕的其實不是鬼，而是比鬼還變態的神棍！」白霆雷說的是實話，這同時也是他的經驗談。

鍾流水忙著應付鬼，沒聽到坐騎的經驗談，要不某人頭上還會挨一拖鞋；他橫斜繞開，劍影繞著黑影旋舞，若有似無的桃花香氣如綿綿細雨灑落，腳下的霧氣越發薄弱了，那黑影卻如飄葉躲閃掉片片的劍影。

人如流光進步急追，千百條劍影將鬼破成碎影，沒入腳下的黑霧裡，這看似退敗的舉動卻沒讓鍾流水欣喜，他的劍完全像是劈中了虛空。

「神棍小心！」驀然間白霆雷大吼。

鍾流水就覺背後一痛，裂帛聲裡混有鬼魅的嘶吼，有爪尖撕裂他的皮肉，他忍痛往前翻滾，站穩後再舞劍花，挾以全身靈氣猛迎，那鬼就只是吃吃吼笑，張牙舞爪。

厲鬼之所以為厲鬼，就因為它們的情緒極端，因為它們並非真正活著，而是模擬一種活著的狀態，這狀態放大了它們的癡愛情仇，那是一種最原始的狀態。

陸・
見鬼朝金甕，鎖魂黑令旗

所以不懼不怕，鬼只曉得要釋放自己，有人以黑令旗鎖住了它許久，如今難得完整被釋放，它要發洩這些年來累積的怒氣，它要殺鍾流水而後快。

黑色靈影由上方撲來，趁它猛落之際，鍾流水揮劍斬去不遲疑，鬼影被一劈為二，兩斷的影子像兩片破布落在地下，而鍾流水卻不見任何欣喜，他拄劍撐著自己，臉色有些白。

血滴不斷滴在他腳邊，由他的背上。

白霆雷擔心起來，正要跨過雷池圈過來看神棍的傷口，鍾流水猛然大喝一聲。

「不要過來！」

白霆雷好委屈啊，難得大發善心來關懷一下神棍，結果被吼了，這是狗咬呂洞賓，不識好人心嘛！摸摸鼻子退回去，前頭情勢卻突然起了變化。

兩段鬼影陡然間復合起來，鍾流水冷冷一笑，劍芒清光照映如網，鬼魂原以為能透穿而去，但是在它碰上光網的瞬間，身上竟傳出了骨肉粉碎的怪異聲音，劍風甚至產生了壓迫的力量，把它彈回到鍾流水身前，它覺得自己正在四分五裂中。

鬼影震驚了，全身抖如秋風中的枯黃樹葉，而它的身體也如枯葉片片飄散，每飄落一片，就是一響玻璃清脆。

霧氣盡散，地下室一如往常，悶熱、沉鬱、躺著數十輛由人類手工藝及巧思發揮到了極致的鋼鐵車品。

飯店經理目睹一切，心跳全因恐懼而加速了，看著鬼影於劍芒中分崩瓦解，天啊，眼前這痞的藍衣年輕人到底是要了何種把戲？難道、難道他真的把鬼給打散了？

鍾流水閉眼，吁了一口長氣，這鬼還沒有之前的五鬼厲害，但此刻的他卻是無法自禁的發著抖，這種顫抖並非起源於懼怕，而是體內靈力的青黃不接所引起，他虛弱的彷彿剛大病一場。

勉強收劍，舉起小酒葫蘆迅速啜一口，自行釀製的桃花酒裡兌了許多丹藥，能讓他暫時的提振精神，卻無助於靈力的補充。

白霆雷見狀，隔著雷池圈問：「搞定了沒？」

「再等等。」

鍾流水伸掌，掌中神奇的出現一朵紅色桃花，吹一口氣後變大，花莖伸長，一柄粉嫩嫣然的桃花傘於焉出現。

轉掌輕旋，桃花傘於低矮室內飛舞如蓬草，原來插入水泥地裡的黑令旗也跟著搖搖晃晃。

鍾流水掐訣比劍指，大喝：「入！」

陸．見鬼朝金甕，鎖魂黑令旗

細細的黑氣自旗面飄升，徐徐朝撐開的桃花傘面而去，乍看之下，就好像桃花傘成了個吸塵器，當黑霧全沒入傘裡，鍾流水這才轉腕將桃花傘收回手中。

經理抓著白霆雷問：「他他他、變魔術的？」

問倒白霆雷了，他一直覺得鍾流水是感染上變態病菌的桃花樹，因為基因突變，這才成了資深桃花精妖孽，但、但、也或者過去這幾個月，他白霆雷不過是經歷了某種腦內幻覺，把白的看成黑的、把魔術師看成了仙人……

「發什麼呆？過來了。」鍾流水招呼。

白霆雷得了解禁令，終於可以拖著腿軟的飯店經理走出小圈圈，才踏出一步又被斥罵。

「喂，你忘了什麼？」

「什麼？」白霆雷搖頭，他哪有忘東西？

「拖鞋。」

白霆雷嘴裡叨叨唸：哇靠鞋子是你丟的憑什麼要我幫忙撿？受害者被人捅了一刀之後，還得乖乖把刀子抽出來還給殺人凶手，天底下有這種道理嗎？神棍你臉皮厚的程度根本就是前無古人後無來者，慈悲的觀世音菩薩，快把這禍害收走吧～～

「你說什麼？」怒眼飛來。

「沒有。」一秒鐘立答。

彎腰撿回了神棍的凶器，繼續苦逼抱怨：好拖鞋！拖鞋的奧妙之處在於它可以藏在褲管之下，隨手可得，還能穿著它來隱藏殺機，就算被警察抓了也告不了你，真不愧為七大武器之外，又一新銳武器……

還掛在白霆雷身上的經理終於抖聲問：「鬼、那個鬼呢？」

鍾流水搖搖他的招牌桃花傘，「喏，在這裡呢。」

經理還是很擔心，「不會再出現了吧？」

「不會了，我會送它回到該回去的地方。」隨手又將黑令旗丟給經理，「插回到原來的地方，還有，別跟你上頭的老闆說這件事，你要是因此被解職，可不關我的事。」

「你意思是，這鬼是他們養的？」經理聽出了言下之意，忐忑問。

鍾流水朝黑令旗一撇嘴，「你應該不知道原來這黑令旗上頭附著什麼吧？」

「什麼？」經理很驚惶的問。

「要製造『金朝甕』的風水局，必須在形似甕底的方位處，囚禁一位命中缺金的鬼魂，這鬼

陸・見鬼朝金甕，鎖魂黑令旗

魂還必須年輕力壯，死於橫禍，術師必須趕在黑白無常來勾魂之前，用金紙沾染上他的血，口唸招魂咒，拿到神壇上焚化，再取黑令旗於上頭搧動，才能收鬼魂到黑令旗裡。」

「養鬼？」白霆雷天天在神棍的耳濡目染之下，有點概念的問。

「對、養鬼，卻是傷天害理的養鬼。」鍾流水看看手中的傘，頗是不屑，「這鬼命中缺金，配合上『金朝甕』，就會努力吸引錢財，而它被法師鎮在甕底，無法離開，只能在黑令旗周圍徘徊……」

「那它為什麼會上樓去嚇人？」白霆雷不解了。

「……一天之中，陰氣與陽氣彼此消長，陰氣濃烈的時刻，這鬼能暫時於甕中各處游移，而樓上的客房也屬於金朝甕的一部分，有些旅客如果逢到時運低，或者體質弱，就會見到它。」

「難怪……」經理恍然大悟。

「人說十年風水輪流轉，金朝甕牽制的效力也差不多要消失了，我要不先一步釋放這鬼，它可能會在解脫之後，凶性發作大鬧飯店，好宣洩這十年來被束縛住的怨恨。」鍾流水點點頭，「我這也是順便做善事。」

經理都囧了。鍾先生你既然打算做善事，又何必藉機來敲詐我兩張票？

白霆雷可想得更深遠，指著桃花傘問：「現在要拿鬼怎麼辦？吃了它？」

會這樣說可不是開玩笑，白霆雷知道鍾流水有多愛吃鬼，尤其愛吃鬼眼珠，沒事就說鬼眼珠子多營養啊、富含人體內所需的一切靈營養素，那喀吱喀吱的嚼感更是棒，真是此眼只應天上有，人間難得幾回嚐～～

「這鬼不好吃。」鍾流水一臉嫌惡，「又乾又澀，賞給你吃吧。你是白澤，我從前不吃的東西都是由你負責接收的。」

接收你妹夫啊！白霆雷七竅生煙，老子不是垃圾桶也不吃廚餘！

而飯店經理在一旁乾笑，還以為這兩人開玩笑呢。

鍾流水又說：「現在我要把這鬼帶出去，該誰管就給誰管。」

「喔喔，走吧。」白霆雷高興了，繼續拖著腿軟的經理要離開，這地下室又熱又悶，他想早點兒回房間吹冷氣去。

「嗯。」鍾流水點點頭，才走出一步，人一晃，幾乎就要跌倒在地，幸好他手中有傘，以傘頂撐地，勉強穩住了身形。

「神棍你怎麼了？」白霆雷問。怪哉，神棍最近特別嬌弱啊，是大姨媽來還是更年期報到？

「……沒什麼，酒喝得少了。」鍾流水輕描淡寫的說：「人說送佛要送上西天，我先處理這隻鬼。」

經理太高興了，忙說：「就煩勞鍾先生，辛苦辛苦，忙完了就回客房休息，我稍晚會送上今晚幻術表演的入場券，保證是最前頭的貴賓座。」

白霆雷心裡罵，有票還故意為難他們，免費請人捉鬼了一次，下次他不來光顧這家飯店了！

鍾流水帶著白霆雷離開飯店，在稍遠的的一個空曠處停下，腳下連踏三下，陡然喝問：「無常鬼何在？」

白霆雷愣頭愣腦問：「小黑小白？他們在田淵市，怎麼可能在這裡……」

話還沒說完，腳底下突然冒出兩顆頭，一個是黑色短髮的運動員，滿身汗濕好像剛打完籃球，標準的陽光型男；另一個看來斯文，戴黑框眼鏡，穿著宛如名門高校的白色學生制服。

「風陵市城隍座下黑無常、白無常，叩見驅邪斬祟鍾將軍！」兩人異口同聲拱手拜見。

「有件事辦一下，那個……」鍾流水抽出一把桃花傘，「幫我帶個鬼走。」

傘開，一團黑霧自傘中灑洩而出，漏滿一地後又重新聚合，隱隱約約能看出那是個人影，邊緣卻霧化的嚴重。

「這是……」黑白無常不太懂。

「查查鬼籙，它應該是十年前橫死的冤魂，被不法術士捕捉去布置金朝甕了。」鍾流水說。

「十年前？」白無常迅速掏鬼籙詳查，「……沒錯，岡華大路口發生車禍，有個年輕人當場慘死，我們趕到時，魂魄卻失蹤了，原來被困在陣法之中，難怪查不到！」

黑白無常大喜，這拖了十年的案子總算了結，兩人瞬間換上了對襟古風長袍、套袴及麻履，戴高帽，白無常手上拿一本鬼籙，提著定魂筆將十年前的案子給勾銷，黑無常則是抖鐵鍊將鬼魂勾住。

「奪魄勾魂無常鬼，謝過將軍的協助～～」

黑白無常拖著黑霧正要沒入地底，突然又被鍾流水叫住，「等一下。」

「將軍還有何事交代？」

黑白無常問得淡然，其實心驚膽顫，鍾將軍愛糟蹋人是陰府裡出了名的，到底想怎樣作踐他們呢？田淵市的小黑小白你們兩人到底是如何在將軍的淫威下存活到現在的？崇拜你們呀真的是～～

陸・
見鬼朝金甕，鎖魂黑令旗

「順便幫我個忙。」鍾流水使喚人使喚的理所當然，「古玩街上有家玉珍堂，白天他們剛進了一本龍虎山天川道士的手稿，放在樟木箱子裡，把箱子拿來，我有用途。」

白無常面有難色，躬身道：「秉將軍，我跟黑無常是鬼吏，有陰界的法律須遵守，不可偷盜強取凡人財物，違者降級、挨杖、減俸祿……」

「是借。」鍾流水說。

「明明就是偷。」黑白無常異口同聲說。

亂髮蓬飛眼如夜梟，清秀俊俏的一張臉，轉瞬間成了青面獠牙的惡鬼，鍾流水咬著牙嘶嘶問：「我朝吞惡鬼三千，暮食妖孽三百，你們兩個加起來，連塞我牙縫都不夠——」

明明是白天，卻陰風慘慘黑霧颯颯~~

黑白無常趕緊陪笑說：「將軍誤會了，小的是說，即使降級、挨杖、減俸祿，也一定把將軍交代的事情辦到好。玉珍堂的楊老闆平日苛刻店員，貪財求利，取他一件東西也不為過。」

說完兩人同時轉了個圈，一黑一白兩道身影鑽到地下，卻還隱隱可以聽到黑無常小聲抱怨：「早就聽田淵市的同僚講過，將軍挺無理取鬧的。」

白無常在一旁緊張制止：「小聲些，讓將軍聽到了，往咱們頭上的城隍爺告一狀，今年獎金別想拿了……」

白霆雷目瞪口呆了好一會兒，才吶吶問：「他們也是黑白無常？我認識的那兩個又是誰？」

「也是黑白無常。」

「哪來那麼多黑白無常？」

「黑白無常工作繁重，一城市配備一組，剛剛你看到的，是風陵市的黑白無常。」

「既然工作繁重，你還支使他們做事？太不厚道了。」白霆雷很不客氣的指責。

「喂喂喂，你個笨蛋還搞不清楚我是誰啊？我是驅邪斬祟鍾將軍，天下鬼都歸我管，更何況這小小的無常鬼！」鍾流水很不以為然的說。

白霆雷蹲到牆邊去幹譙，什麼鍾將軍嘛，將軍了不起喔，本警察在《魔獸世界》裡的職業還聖騎士咧，怎樣！

大約過了一刻鐘的時間，風陵市黑白無常風風火火回來了，白無常的手中還捧著玉珍堂楊老闆白天檢視過的樟木箱子。

鍾流水喜眉笑眼接過後打開，他的目標卻非天川道長的手稿，而是書本下頭那個由幾根深色

陸．
見鬼朝金甕，鎖魂黑令旗

細絲纏繞成的髮圈，白霆雷看著看著還真有些噁心，忍不住問這是什麼。

「《仙經》裡提到，蠹蟲只要連續吃三次書裡頭的『神仙』兩個字，就會化成『脈望』，有起死回生的功效，是難得一見的仙物，楊老闆不懂它的價值，與它無緣，可惜了。」

取出古手稿翻開來給白霆雷看，有些頁面果然已經被蠹蟲蝕去幾個洞，鍾流水根據蛀洞前後的文意來推敲，蛀掉的字的確就是「神仙」。至於這「脈望」的功效，呵呵，好處多多不勝說，放在身上有備無患。

把樟木箱子連同古書還給黑白無常兩人，鍾流水大剌剌揮手說：「剩下這東西對我沒用了，還到玉珍堂去。」

黑白無常愁眉苦臉，將軍把他們這樣招之即來呼之即去，連點小費也沒給，好小氣啊～～

【第柒章】神仙一剪梅，芳華剎那逝。

回到客房第一件事，鍾流水先是從懷中掏出一顆花香盈鼻的朱紅色藥丸，丟到嘴裡咀嚼，接著把一瓶桂醪給喝得一滴都不勝。

「神棍你又亂吃藥了，這藥經過衛生署核可沒？亂吃藥會死人的知不知道！」白霆雷照例大呼小叫。

鍾流水懶得解釋了，這小小一顆「神仙一剪梅」，可是隱世許久的無為真人所調製出的神丹，製作時需尋找靈氣氤氳的名山，齋戒百日，以五種花香水來沐浴，不吃五辛生魚，身心靈一致潔淨才能煉成。

如此神藥又怎麼會輕易落入他手上呢？

其實鍾流水不過是將自己的痞子特性發揮到極點，死纏爛打，弄得無為真人受不了，意思意思給人家幾顆，免得桃花仙腹黑起來，真人什麼藥都留不住。

說也可惜，這是鍾流水手上最後一顆「神仙一剪梅」了，接下來的旅途他得特別小心，不能妄動真元，否則會跟自家小妹一樣，化回桃樹真身。

白霆雷動了動鼻子，「欸，這香味……我是不是吃過？」

「你的確吃過，葉鈞家外頭，被姜姜攻擊的那次。」

白霆雷不說話了，對於那次姜姜的大變身，他還是心有餘悸的，那比班納博士管不住怒氣變身成綠巨人浩克還殺！

很快的，鍾流水的臉頰回復了些許紅潤，他把白霆雷趕出門去，自己一人留在房中打坐。掐法訣，凝聚真元抱守歸一，酒水丹藥引動體內耗弱的靈氣，順著周身經脈於體內迅速繞行三十六周天，讓經脈於極短時間內淬鍊一次。這就像是凡人生病，原本可以靠體內的免疫能力來復原，但因為過程太緩慢，所以病人會藉助外來的藥物殺死病菌。

這過程說來雖簡單，卻需要耗費傷者好幾個小時的時間，在這期間，白霆雷很安分的躲在自己的飯店客房裡睡覺，小心的鎖上門，把裝著玉琮的大公事包給放回衣櫃裡，那是警方證物，弄丟了可不好過。

睡著睡著，窗外天色由白轉紅、再轉黑，白霆雷卻開始不安穩了，他覺得自己正在經歷某場夢魘，有誰拼了命的想推擠他，弄得他乾脆放棄睡眠，睜眼起身大喊：「誰？！」

房裡空蕩黑暗，沒人啊。

「做噩夢？」喃喃自語，白霆雷卻又覺得不踏實，突然間毛髮直豎，野獸類的直覺告訴他，有人在窺探。

猛轉頭看窗外，他倒吸一口氣，就在窗戶上頭，以黑暗的天空為背景，有個人正倒掛金鉤看著他。那人體態弱不禁風，面目青白如鬼，一頭灰髮隨著夜風飄撒，黑玉一般的眼睛直直盯視過來，同時間嘴吧開開闔闔，似是唸誦著什麼。

白霆雷傻了，幾秒鐘後他猛然覺悟，他非把偷窺狂給揪下來，扭送警局查辦，切！

緊鎖的窗戶卻是更早一步開啟，灰髮年輕人旋風一般竄入，白霆雷瞥到年輕人指尖伸抓的方向居然是他的衣櫃，立刻衝過去擋在前頭，接著一拳揮出。

白霆雷好歹也是個警察，體能操練自然沒少過，加上白澤的虎魄回到身體後，他的攻擊力都加強了，普通人挨上這一拳，就算不吐血，回家起碼也得休息個幾天，吃吃運功散才行。

就聽沉沉的砰一聲，白霆雷愕然，他打是打中了，但這一拳卻像是打在柔軟的沙袋上頭，對方看來只是微微受力，反手就抓住了他的手肘，弄得他動彈不得。

「……你到底是不是白霆雷？」那人驀然開口問，如果是，為什麼無法控制他的心神？

白霆雷趁他開口而力道鬆弛的一瞬間，掃腿將侵入者給踢到地上，那人頭骨撞上了床架，但他臉上卻未見任何痛苦神色，反手拉扯白霆雷的腿，白霆雷耳邊就聽呼呼風聲，跟著騰空而起，先是撞上掛著典雅畫框的牆壁，金星一顆顆在眼睛前頭飄浮，接著又磅一聲摔落地上。

柒・
神仙一剪梅，芳華剎那逝

白霆雷痛得幾乎就要暈過去了，但身為警察，就這麼暈倒可不甘心，他齜牙咧嘴使勁把自己給撐起來，看見年輕人朝衣櫥走去。

「你是誰？」他用盡全身力氣大吼。

年輕人黑如點漆的眼睛一閃，那應該是他全身上下唯一還有點人樣的地方。他並未回答白霆雷的問題，只是筆直朝衣櫃走去，毫不遲疑，好像已經篤定衣櫃裡有他要的東西。

玉琮！白霆雷突然間想起來了，衣櫃裡除了他簡單的行李之外，還有一件玉琮，在這電光石火間，他那簡單的腦袋居然想通了，這傢伙是為了玉琮而來！

難道支使五鬼偷盜的藏鏡人就是他？

白霆雷背部一陣陣的抽疼，胃部更是不停作嘔，然後他身體熱了起來，痛楚於瞬間減輕，人也變得輕鬆——

衣服崩裂紛飛，碎布中他變成了一隻白色老虎，黑色虎紋如浪懾人，威猛的體態更是讓人不寒而慄，他凌空暴撲過去。

年輕人表情古怪，不解，同時間手掌上起了變化，上頭的皮肉隆起一道道寸長的利錐，錐頭泛出鑽石光芒，他的手在眨眼之間變成了狼牙棒。

白霆雷對那布滿尖刺的武器不懼不怕，虎吼一聲撲來，年輕人往側邊稍移，狼牙掌狂砸猛擊，陰風慘慘，光影玄幻，白霆雷退身位、躍撲、虎掌攫上對方毫無護甲的腹部，噗一聲被牢牢刺穿。

年輕人看來完全沒有逃出生天的機會，但他臉上毫無痛楚，低頭瞧虎爪刺入處，冷冷一笑，手掌揮擊，力道萬鈞，居然硬生生把白霆雷給推開，虎爪子卻也因此將他腹部撕扯出一道大口。

詭異的是，那樣怵目驚心的傷口，卻完全沒有血液噴灑出來，年輕人轉身又朝衣櫃走去。

白霆雷氣憤的吼吼大叫，兩隻大虎掌從年輕人後背環抱至前肋，森牙跟著嚙咬下去，突然間他把年輕人給放開了，嗄呸，這人的肉真難吃，有土味！正考慮還繼不繼續咬，窗戶外突然有葦索反捲橫來，帶起青氣如簾，年輕人不慌不忙隨氣流翻飛，同時間揮動狼牙棒，直往窗邊刺去。

窗邊一襲藍衫彷彿斷線風箏在飄搖，卻剛剛好避開那急刺而來的狼牙棒，葦索繞彎好點上年輕人的眉間處，年輕人額頭裂了個口子，而打從現身以來就一直維持從容不迫的年輕人終於變了臉，猛然彈射退後。

「鍾流水，又是你！」年輕人雙目發赤，咬牙怒喝。

鍾流水訝異了，手上鞭勢跟著趨緩，他端詳著年輕人，歪著頭問：「抱歉，你誰啊？」

「……你還是忘了我。」年輕人說完，隨即默然。世界上最可悲的事的確莫過於我就站在你面前，你卻不知道我就是恨上了你的那個人。

鍾流水見年輕人恍惚，一溜青光再度朝他門面而去，年輕人舉狼牙掌爪來擋，卻見皮肉橫飛，森森白骨外露。

意外的是，罅裂的傷口裡未見血液噴濺，鞭子一抽回，皮開肉綻處竟緩緩朝骨頭填縮回去，不足的部分甚至自行增生了肉塊出來，很快傷口就消失了。

這樣的奇蹟不只發生在他的手上，更發生在他的額頭，以及被白霆雷抓傷的腹脅部上，年輕人宛若新生。

鍾流水將一切看在眼裡，他收回葦索咄咄逼問：「你是什麼？」

年輕人冷笑，他的身邊突然冒起五股細細的黑煙，圍著他逆時鐘方向旋轉，愈轉愈快、愈轉愈急，五道黑煙揪捲在一塊兒，最後形成一道迷你龍捲風，把飯店客房精緻的裝潢吹得亂七八糟。

白霆雷虎吼，掌爪大張尾巴緊搖，身體前低後高，是預備埋伏與突擊獵物前的姿勢，卻被鍾流水擋下。

「小霆霆，退開。」

白霆雷很氣，才剛習慣以四隻腳跟尾巴揮動時產生的平衡力道來行進，為什麼要喝退他？他還沒灑尿來標示地盤呢！

這時候龍捲風裡竄出五個小小的人，蓮花狀頭髮，製工精細的印花沙龍，整齊劃一往鍾流水撲去，竟然就是曾跟他交過手的五鬼。

鍾流水往側微移，他從其中兩鬼間的縫隙穿了過去，葦索暴流，青光充斥，緊密脆響不斷湧起，小鬼們被打得七零八落，突然間同發一聲喊，隨即化為磷光鑽入地面，轉瞬間不見人影。

鍾流水的臉色要多難看有多難看，收鞭，不但五小鬼逃了，就連剛剛那白衣灰髮年輕人也早已趁機逃開。

「想偷玉琮的人原來是他。」沉吟良久，鍾流水低聲問：「他是誰？似曾相識……」

「吼吼吼吼吼吼！」快讓老子變回來！

「以為你叫聲黃鶯出谷、乳燕歸巢嗎？要是引人來了，還以為我跟你在這裡玩人獸相撲呢，別亂叫！」

「吼吼吼吼吼吼吼！」白霆雷虎爪伸伸抓抓，還故意張嘴秀出他白森森的利牙，再不讓老子變回來，老子真吃了你！

「別玩啦，經理剛剛送票過來，表演要開始了，你快變回人。」

靠咩老子要是懂得怎麼變回人，還需要用爪子威脅你嗎？

「啊、對了，我還沒教你怎麼變回人。」鍾流水笑吟吟，「朝左滾三滾，朝右滾三滾，然後喊：月亮三菱鏡力量，變身！」

白霆雷大喜，立即趴在地上，往左滾三滾，往右滾三滾，喊變身咒語，「吼吼吼吼吼吼吼，吼吼！」

吼完白霆雷才愣住，他傻了是不是，現在的他只會吼叫，唸不出咒語，再說這咒語好熟悉啊，他是不是在哪兒聽過？

神棍，你耍我是不是！？

「唉呀我記錯了，這是姜姜小學時去同學家看電視，學回來的美少女戰士變身咒語……」

神棍我總有一天啃你啃到骨頭都不剩！

鍾流水可一點兒也沒有反悔之意，寵物太好玩了嘛，要不是幻術表演即將開始，他玩的花招可還多著呢。也罷，來日方長，先讓白霆雷恢復人身要緊。

「……喂，我說啊，你既是白澤，又是小霆霆，當然能夠自行切換形貌，哪需要咒語呢？身體不過是魂魄的寓所，莊周夢蝶，蝶夢莊周，雖然莊子跟蝴蝶是有區別的，但物與我都有交合在一塊兒的時候，這叫做物化，懂不懂啊！」

喵的神棍你幹嘛解釋的那麼深奧？用老子聽得懂的話來說明！

「我果然還是太高估你的智商了。」鍾流水撇嘴說：「你就是白澤、就是白霆雷，想變誰就變誰，只要心想，事就成。」

「什麼心想事就成？我天天想交到女朋友都沒用，神棍你就唬人最厲害……咦咦，我變回來了！」白霆雷看看自己的手，是人手，而不是毛茸茸還附肉球的虎爪子，怪哉，他到底是怎麼變回來的？好冷喔，他是不是忘記了什麼？

鍾流水一笑，「喂，快點穿上衣服吧，表演開始了。」

哇靠他光溜溜，變身的時候衣服全崩碎，可惡！電影裡綠巨人變身後還留褲子在身上的畫面果然騙太大！

然後這房間，滿目瘡痍啊有木有！還好他是出公差，一切由公費支出，就算需要賠償飯店損失，也花不到他一毛錢。

邊穿衣服白霆雷邊問：「想偷玉琮的人居然追到這裡來了，他身體很古怪，傷口沒有血，還會自動癒合，哇操他是液體金屬機器人吧？」

「就我所知，有好幾種殭屍及妖怪擁有那樣的體質，但他不像殭屍、也不是妖怪。」鍾流水也是疑問深深，說：「這幾天玉琮放我身上保險些，他看來勢在必得，不可能輕易放棄。」

「就等著他出現，可以直接抓起來訊問。」白霆雷倒是很期待對方回來。

想得倒是輕鬆，鍾流水輕哼一聲，其實他最討厭跟五鬼打交道了，人說三個臭皮匠，勝過一個諸葛亮；戲曲裡五鬼鬧判、五鬼鬧鍾馗的故事更證明五個小鬼湊到一塊兒有多難纏，能不碰上最好。

破碎的窗戶外，夜景璀璨明亮，在黑暗中窺視他們的，又到底是何方神聖？

飯店二樓處設有多功能娛樂廳，供客人享用餐點兼觀賞表演，廳內約能容納百人，由於最近中國幻術的表演相當出名，座位很早就預約滿了，飯店經理那兩張票還真是為了預防萬一的保留票，是景觀最好又最清晰的舞台前ＶＩＰ座，只能說，鍾流水跟白霆雷賺到了。

幻術在中國古代很流行，唐朝時發展到巔峰，當時西域、中亞等等精通幻術的人都前來展示絕技，表演裡頭包含有吐火、斷舌復續、空竿變魚、隔物透視、燒紙現字等等，技藝高超的幻術師甚至能被皇室延攬，成為宮廷御用幻術師，專門為皇帝表演節目。

說到底，幻術或者就是一種魔術表演，不過古代能人異士多，這當中是不是真有人能演示超越魔術的法術，那就不得而知了。

趙憐的魔術在經過經紀人刻意的包裝之下，以重現古代幻術為號召，加上她本身是位擁有神祕氣質的大美女，所以表演相當叫座，也難怪一票難求。

其實在表演之前，白霆雷還特別想去後台找一下趙憐，卻被滿腦腸肥又勢利的經紀人給擋在外頭，說趙憐小姐誰也不見。

「我們有很重要的事情！」白霆雷生氣的說。

「你是記者還是娛樂公司派來的？想簽約一律找我談，現在別打擾趙憐小姐的舞台預演。」經紀人仰頭四十五度角，囂張的用鼻孔來看他。

白霆雷都想要動手破門了，鍾流水拉回他，淡淡的說：「急什麼？這裡見不到，表演場裡直接堵她，要是她拿翹，我總能找到機會教訓教訓。」

一臉的殘忍表情讓白霆雷好怕啊，不知道神棍又想怎麼作踐別人了。

表演時間前三十分鐘，鍾、白兩人就座，服務生過來問他們想要用餐還是喝酒，鍾流水理所當然要了酒，然後說白霆雷需要淡定一下，所以給他點紅茶。白霆雷不苟同，不久前的變身耗費他許多精力，此刻餓得不得了，所以不客氣的點了酥烤牛排來吃。

牛排很快就被啃光了，他還餓，又續點一份法式鴨胸。

時間到，娛樂廳裡燈光暗下來，布幕拉起，悠揚絲弦樂音縹緲，一縷幽光打在舞台之上，光中有位穿著唐朝翻領胡服、頭上梳螺髻的妙齡女子俏生生立著，手捧一尊約一公尺高的木製千手觀音像，臉欺膩玉明眸皓齒，是難得一見的美女。

白霆雷看得都呆了，世界上怎麼可能有這種質感的美女呢？魂魄幾乎飛走的他都忘了嘴巴前還叉著一塊鴨肉，口水滴滴答答掉到盤子裡。

鍾流水卻是眨了眨眼，將觀音像仔仔細細看了又看。

「那一尊觀音像有邪氣，但不是出自於木頭本身……」最後他說：「或者在於裡頭的臟器。」

「臟器？」白霆雷霧煞煞，什麼鬼啊？

「佛塔、佛像須要裝入舍利子、七寶或經卷以作為臟器，再經過開光，才能有靈，而非無情草木。但有些人卻走偏門，裝入毒蛇，那就是下降頭的神，至於千手觀音裡頭裝的嘛，很有可能是……」

「是什麼？」白霆雷還真好奇這答案。

「動動腦啊笨蛋。」鍾流水白他一眼。

碰一鼻子灰的白霆雷也就不屑問了，他不愛看觀音，只愛賞美女，賞美女多好啊，有益身心健康。

趙憐前頭擺著一面屏風，上頭鋪一層素白宣紙，一旁矮桌上備有筆墨，她將觀音擺放在矮桌上，取筆在屏風上作起畫來。而舞台邊區有身穿晶亮舞台裝的主持人，正握著麥克風，以感性的聲音娓娓介紹。

「感謝各位嘉賓蒞臨。所謂的幻術呢，將虛作實，以假為真，在古代，是雲遊道士的通靈術，也是胡人惑弄皇朝貴族的技藝；至於今晚趙憐小姐的古中國幻術，是魔術或者不是魔術，那就靠嘉賓們的眼睛來見證了。」

趙憐已經在宣紙上簡筆畫了仙府一所，洞門內有五綵裝飾，門上書寫蓬萊仙閣四個字，門

柒・
神仙一剪梅，芳華剎那逝

內有四位仙女，執笙歌細樂，茶酒花果。

她啟朱唇，開貝齒，嬌柔的唸出咒文：「仙童仙女，仙樂仙音，取酒酒至，設席食臨。」

「挺有意思的嘛……」突然間，白霆雷聽到一旁的鍾流水這麼低聲說。

不可思議，屏風上所畫的洞門之中，突然放出一道奇異的白光，五色彩羽的鳥兒啾啾飛出，圍著趙憐轉圈兒，趙憐伸手，鳥兒停在她白如玉的手背之上，她作勢逗著鳥兒，彩鳥與美人，畫面相得益彰。

還沒完呢，又有四名姿容絕美的仙女各攜樂器，一位接著一位由屏風後輕盈轉出，翩翩起舞奏樂於舞台之上，那仙樂怡然清亮，仙女舞姿婆娑，這樣的開場讓賓客都大聲鼓起掌來。

白霆雷也用力鼓掌，還對一旁喝酒的鍾流水說：「這魔術真厲害啊，看不出任何破綻。」

鍾流水輕笑，「海外有一種叫做紅唧唧的靈鵲，身羽通紅，取牠的腦血，跟朱砂混合在一起後畫畫，以應候咒輔佐，畫出的人物能行走，畫出的鳥獸能飛鳴，對，沒錯，她用的就是這種雕蟲小技。」

「明明是魔術，神棍你又唬人了。」白霆雷不相信啊不相信，台上那麼美的小姐，怎麼可能用滑白的纖纖玉手殺鳥取腦血。

趙憐飄飄一轉身，曲終舞止，小鳥兒飛回到屏風裡，四位仙女也魚貫穿回屏風，宣紙還只是一張宣紙。

主持人這時說：「為了感謝各位嘉賓的掌聲，趙憐小姐今晚要分送各桌一份禮物，這裡需要一位志願者來當助手，有誰願意？」

喔，是不是要幫忙派送她的親筆簽名照片呢？白霆雷樂呵呵立刻舉手，他人坐在最前頭，動作又快，立刻被主持人點名。

「感謝這位嘉賓。」主持人在台上表現出一種很誇張的喜悅。

趙憐淺笑嫣然，提一個大竹籃、捧一個琉璃水瓶，竹籃裡有二十幾個白色小瓷碗，另有一個小盤裝滿深色破殼的蓮子，她來到白霆雷身前，將水瓶遞給他，說：「謝謝您的熱心。」

白霆雷滿面春風正要接過水瓶，有人橫刀奪愛，竟然是鍾流水。

鍾流水搶過水瓶，眼光一掠，沉聲說：「我來，你坐下。」

白霆雷很不爽，他好不容易搶到跟趙憐近身的機會耶，立刻抓著水瓶不放，低聲說：「臭神棍，故意跟我搶美女是不是！？」

鍾流水很鄙夷的說：「美女？她？拜託，她比灼華醜多了。」

柒・神仙一剪梅，芳華剎那逝

白霆雷由鼻孔哼出大大一聲不屑，早就知道在有戀妹情結的神棍眼裡，除了自家小妹外，地球上所有女人都是煤渣。

趙憐倒是囧在當場，不過是請他們幫個小忙，增加表演的互動性，可別為了一個水瓶傷和氣啊，她立刻溫柔的勸阻：「兩位是朋友吧，以和為貴。」

她想以和為貴，有人卻不這麼想……

誰？當然是鍾流水啊，這世界上只有人聽從他命令的分，沒他讓人的餘地，耳後摸出一根細如牙籤的桃枝，可想而知誰人的手背倒楣了。

「喵了個咪神棍你又拿針刺我！」觸電似收回手，白霆雷含情脈脈、不、含恨抹淚、含冤帶雪、含辛茹苦、含羞忍辱的坐回原位，喀吱喀吱咬著他早該吃下的鴨胸肉。

鍾流水成功搶得竹籃，這會兒倒是對趙憐客氣一擺手，說：「請。」

台上主持人這會兒又有話說了，「看來兩位男士已經和平的取得協議。這位先生很英俊啊，穿著也相當有東方味，跟趙憐小姐相得益彰，相信座下嘉賓們都很期待兩位能帶來何種驚喜……」

鍾流水跟在趙憐身邊，依照指示，當她取出竹籃裡的小瓷碗放在每個桌位中間時，由鍾流水倒入半碗水，趙憐跟著取出一顆蓮子置入水中，就這樣依序輪過所有桌子之後，趙憐請鍾流水回自己桌位上，自己也裊娜回到舞台上。

讓人意想不到的是，鍾流水竟也跟著上了舞台，主持人一時間不知該如何接話，這是不是趙憐小姐特意安排的呢？

當然不是，趙憐聽到後頭腳步聲響，立刻回頭說：「請回座……」

「喔、一般人皆愛蓮花的出淤泥而不染，我也不討厭，我正好想看看妳要怎麼讓蓮花開放呢。」鍾流水笑吟吟，眼裡頗有玩味。

趙憐變臉了，這是今天才安排的新節目，事前保密到家，除了經紀人跟她之外，不可能有人知道她預定的幻術內容，就連主持人的介紹腳本，也是表演前五分鐘才拿到的，為什麼這位藍衣人會知道？

「貴姓？」她疑惑的問。

「姓鍾。」鍾流水說完，又擺出了個「請」的手勢。

趙憐被他那樣老神在在的態度弄得疑懼，但此刻是她的主場秀，她必須鎮住全場。

躬身，垂眼合掌，一陣含帶水氣的微風自她的錦鞋旁拂起，吹起繻裙迴轉流動，看似吳帶當風飄逸，襯著她微微含露的笑意，正如觀世音菩薩一樣，怡然自得裡，卻又隱含悲憐天下蒼生的慈善。

「蓮花，君子之花，在佛教裡更是再生、純潔和免受輪迴之苦的象徵。」

用恍似催眠的語調說完，她兩手無名指與拇指相觸，形成一個圓，其他三指向上伸直，這是佛教中的施依印，圓圈代表法門與智慧互相結合，三指則是佛法僧三寶，接著有一朵綠色的莖穿過那個圓圈，她翻轉手腕，眨眼間兩手就各持了一朵潔白且盛開的蓮花。

鼓掌聲四起，但趙燐的表演可不只如此，肘腕輕揚，她手中的蓮花花瓣也片片飄落，在此同時，賓客桌子上的瓷碗同時有了動靜，碗裡的水面泛起漣漪，綠芽從蓮子破殼處鑽出來，隨著美妙樂音的播送，綠芽愈抽愈高，田田荷葉舒展開來，碗水染上一片青綠。

嘉賓們同時被桌上的變化給震懾住了，沒見過生長如此快速的植物啊！但很快他們又發現主莖抽出了三根枝條，中間那根冒出花蕾，花瓣盈盈開展，白色蓮瓣精緻的如同水晶，彷彿一碰就會凋零。

另外兩根枝條也同時長成了莢果與花苞，與盛放的花朵一起，主持人立刻介紹，這開花的三個階段，代表佛法裡的三世因緣，是過去、現在、未來的一體展現。

如雷掌聲轟然響起，幾乎要掀翻娛樂廳的天花板，這些人在觀賞表演之前，自然心裡都預期了趙憐給予他們的會是一場精采的魔術表演，但如今他們卻不確定這到底是手法太過高超的魔術，還是美女的確施用了超異能幻術。

舞台上，鍾流水靠近趙憐，低聲嘖嘖說：「……不就是法術中最基本的『剎那芳華』嗎？勸妳低調些，過去愛耍弄這些花招的術士啊，容易被塵世權勢者硬性招攬，無法全身而退，最後死於非命……」

趙憐訝異了，對於修仙求法的修道者而言，可供學習的法術有千種萬種，這招「剎那芳華」的確是最簡單易學的障眼法，在古代，唯有不入流的巫門才會以這樣華麗的小招小式，作為愚弄村夫村婦的手段，一般修仙者根本不屑於耍這雕蟲小技。

「你……」怎麼知道？莫非……趙憐對鍾流水開始留上心，會知道「剎那芳華」這把戲，對方說不定也是個跳大神的神棍。

鍾流水揚揚眉，又問：「妳在三個月前賣了件玉器給玉珍堂的楊老闆，我要知道玉琮的出土處。」

趙憐臉上閃過數道疑惑的神采，最後她沉下臉來，冷聲答：「無可奉告。」

鍾流水一彈指，賓客桌上的蓮花於瞬間焦黃枯萎，綠莖萎靡，嘉賓們開始竊竊私語，這也是表演的一部分嗎？喔喔，大概是要體現「成、住、壞、空」的生命輪迴，這寓意太深遠了。

趙憐卻知道蓮花枯萎的真相並非如此，這表示鍾流水破了她的法，她又驚又怒，對方卻淺笑。

「現在有空奉告了嗎？」

鬼事顧問、零伍。五鬼鬧。

【第捌章】嬌娥舞幻術，白殭匿蹤跡。

面對突如其來的疑問，趙憐下逐客令了。

「請立刻離開舞台，若是打擾表演，我不會對你客氣。」

「我、不、要！」鍾流水痞痞的說。

趙憐心生警惕，但她自恃有兩把刷子，也不退讓，姍姍步前，雙手若捻花枝，嘴角浮起一抹似喜非喜的情態，更顯她的嫵媚動人。

「……嗡、縛日囉、達摩、訖利！」

矮桌上千手觀音突然盛放金光，每手掌心中有一光點飛出，一千隻手就有一千顆光點，疾射若流星，全朝鍾流水門面而去。

鍾流水不慌不忙，千朵桃花舞春風，一朵桃花是一個小小牢籠，轉瞬間所有光點都被桃花所包覆，霹霹啪啪，火花在裡頭爆炸起來，花朵落到地面之後，有黑點咬破花瓣竄爬出來，眼尖的嘉賓甚至可以辨認出，那些黑點全是肢體殘破的蜘蛛，有些人當場想跑了。

無獨有偶主持人也嚇壞了，他最怕蟲子，如今一堆蜘蛛在台上，這到底是趙憐的幻術、還是要發生地震了呢？他到底該不該逃？

鍾流水卻是教訓起人來，「以為唸幾句千手千眼觀音心咒，就讓人認不出妳使用的其實是障眼蛛鬼嗎？妳不丟臉我都替妳丟臉了。」

趙憐心下驚駭，她早在觀音像裡餵養了幾隻猙獰的蜘蛛，以千手觀音的木刻像來掩蓋她役使八爪蜘蛛時所產生的殘像，唸觀音心咒不過是要讓觀賞者產生先入為主的觀念，卻沒想到被鍾流水一語道破。

鍾流水可還沒放過她，兩道五色彩影從他袖子裡飛出來，燕語呢喃，竟是翦尾乳燕雙飛。

「燕奴，儘管大快朵頤！」

雙燕脆鳴，在舞台上盤旋低飛，老鷹捉小雞一樣，蛛蟲全像是遇到了天敵，哆哆嗦嗦東倒西歪的又跑回千手觀音像裡躲藏，來不及逃的便躲在地上裝死，兩隻燕子看來也不屑吃蜘蛛，隨意飛飛，給主人一個交代就是了。

舞台下的嘉賓又是用力鼓起掌來，他們全以為這是表演，不知道台上兩人正在鬥法。

「現在可以告訴我，玉琮哪兒來的？」溫和的，鍾流水繼續問。

趙憐咬唇，用同樣的話來回答：「無可奉告！」

「喔，妳好壞。」鍾流水抬頭，「燕奴，對眼珠子有興趣嗎？」

雙燕異口同聲啁啾，沒興趣。

鍾流水搖搖頭，燕奴的前一個主人把牠們倆養得太挑食了，不好，唉，還是自己的見諸魅可靠啊，讓她吃什麼就吃什麼，還會把最好的部分讓給主人吃，可惜此刻她卻不在身邊，不方便極了。

「沒興趣也要有興趣，待命，我一說吃，渣渣都不許留下。」

燕奴們真是委屈，聽主人言下之意，不就是要牠們隨時準備攻擊趙憐的眼睛嗎？新主人真是世上最殘忍恐怖又不憐香惜玉的人呢～～

趙憐愀然變色，「表演還沒結束，鍾先生，有興趣陪我一起賞月嗎？」

鍾流水舉起小酒葫蘆喝一口，說：「酒若能解癮，花若能解語，人若能解情，一起賞月也行。」

「多謝。」趙憐盈盈一禮，拂袖抄手，舞台上燈光乍消，娛樂廳落入一片黑暗，台下嘉賓們滿心期待，不知道趙憐跟鍾流水還能秀出何種精采的表演。

主持人聽出趙憐終於要照既定的程序表演下去了，立刻用低沉感性的語調介紹：「今晚霽月澄盈，為了讓室內的嘉賓們同樣能感受到清輝灑地的情趣，趙憐小姐要將天上的月亮摘下來，與君同賞月中仙子帶來的霓裳羽衣曲。」

捌．
嬌娥舞幻術，白殭匿蹤跡

舞台上方投射出月亮的圓影，影中有金粉，徐徐灑入趙憐手中，最後凝聚成一顆晶瑩剔透的水晶圓球，讓她像是捧著月亮的仙女，腳下逐漸有銀波浮盪，她在波光粼粼的水面上載浮載沉。

這樣的畫面太過奇幻華美，台下自然又是掌聲不斷，水晶圓球隨著她優美的手指舞弄，緩緩飄起，懸掛在舞台上頭，有了煙籠寒水月籠沙的浪漫情懷。

兩隻燕奴有些搞不清楚狀況了，月亮怎麼出現的？忍不住繞著水晶圓球飛啊飛，都忘了鍾流水讓牠們隨時準備去戳人眼睛。

趙憐啟朱唇，清聲吟唱：「……驚破霓裳羽衣曲，曲愛霓裳未拍時……」

一層一層的霧湧出，凝成廣寒宮裡的雕梁畫棟，看那穿角飛檐，重疊斗拱，無一不流金溢彩，仙女從宮中輕盈飛出，蟬紗輕若白雲，舞如鸞鳳飛翔，曲似鶴唳長引。

鍾流水很快就被這些似真又幻的仙女身影給淹沒了，樂曲聲中，突然身上連連刺痛，低頭就發現身上的藍衣被割破了好幾道，造成深淺不一的好幾處傷口，竟都是被仙女的羽衣給劃的，那些羽衣不只好看，邊緣處更是如刀銳利，舉手投足間就能將人給切成肉塊。

來陰的了，鍾流水心想，他奉陪。

綠柄桃花傘碰咣一聲撐開，擋住了所有的仙女，旋轉、衝撞、揮舞，嗤嗤聲響，美麗的舞袖飄帶都被傘緣給切開，但切開的卻不只是繁複華麗的衣裳，還包括所有舞者，她們成為片片剪影，破碎的容顏依然笑嫣然。

台下開始騷動了起來，台上的光怪陸離讓他們像是正在欣賞一齣3D電影。

「……我歌月徘徊，我舞影零亂……」鍾流水在桃花傘的羽翼之下，也同樣不遑多讓的唱起歌兒來，而舞台上的場景也正如歌裡所說的，亂亂亂。

趙憐不慌不忙揮柔荑，冷風怒起，碎片化為香獐、黑熊、豺狼、花豹等等，全朝鍾流水飛撲而去。

眼看他就要被猛獸的利爪利牙給剖腹剜心，台下卻是一聲激昂虎吼。

「吼喔喔喔喔！」

西裝碎片紛飛，白霆雷瞬間變形虎身，一躍擋在鍾流水面前，舒鋸牙、尾掃風、咆哮連連猙獰凶戾，那些香獐、黑熊、豺狼、花豹懾於他的猛威，全都驚恐朝後而退。

就連趙憐也跟著心驚肉跳，她手底下那些野獸其實都是障眼法，有形無魂，但眼前的大白虎卻威勢驚人，讓她忍不住簌簌而抖，恨不得立刻逃離開這舞台區。

「啪啪啪！」主持人跟舞台下的觀眾倒是喝采連連，白霆雷到底是怎麼變化的呢？完全看不

捌・
嬌娥舞幻術，白彊匿蹤跡

出破綻啊，現代魔術的表演水準真是太高了！連在一旁躲著看的經紀人都想要把鍾、白兩人給簽下，他們跟趙憐一樣，完全是國際級的水準啊，經紀人甚至已經想像出三人在美國拉斯維加斯表演的輝煌場景，榮華富貴不是夢了哈哈～～

白霆雷不知道已經有人在打自己的壞主意，昂首揚爪虎吼連連。來啊來啊，我是山之王，百獸之長，誰人比我強～～

「乖乖的啊，小霆霆。」鍾流水笑咪咪，坐騎來得正是時候。

趙憐這下緊張了，也顧不及要表現出優美的表演姿態，揚袖招手，頭上水晶圓球倏地大放光明，將整個娛樂廳照得有如白晝，她掐訣，唸伏虎咒。

「日出東方爍金光，伏首退之，不從見殃！」

水晶圓球狂扣而下，白霆雷全無畏懼，也往那燦亮生輝的光中上掠，兩相遇上，爆裂聲顫如波，全廳震動，白霆雷落地之後，一溜血由他額頭滴落，他一口牙咬得咯咯響，還打算繼續進攻。

鍾流水皺眉前跨一步，一手按住寵物的肩頭不讓動，另一手漫天花雨灑出大片桃花，撚、掣、拉、撓、他手指上有著看不見的線，隨己之意控制花朵聚散分飛，花朵連著花朵組成了花囚籠，將水晶圓球罩住，冷光於籠中倏起又斂，光芒愈縮愈小，鍾流水抖腕，把花囚籠拉回手中。

趙憐呆若木雞，完全不知道接下來該怎麼辦，只知道對面鍾流水的一臉笑很礙眼。

「喔、我要追加一個問題。」鍾流水狡黠了，「姜小姐，妳的家鄉地在哪兒？」

嘴角不自然的揚起，趙憐說：「我不姓姜，我姓趙。」

「火龍之子生於烈山石室，後以火德代理伏羲治天下，所以稱為炎帝。」看看手中的小光球，「剛剛那妳一手『天欻火』雖然刻意的壓抑下能量，我卻看得出來，這是唯有炎帝後裔姜氏的特殊體質方能發揮出來的祕技，所以妳不姓姜，又姓什麼？」

趙憐轉身要逃，鍾流水丟球如虹，原本屬於趙憐的天欻火，竟於她腳前爆開，成為一圈銀網，將她給牢牢的困住，她想要逃出銀網之外，雙腳卻牢牢黏在地上，她立刻又掐訣唸解縛脫鎖咒，依然無法動彈。

「放開我！」也不顧台下觀眾在看，她大叫。

鍾流水不放，他很霸道，而他也一向把霸道當王道，並且貫徹始終。

「告訴我玉琮從哪兒來的，跟妳的背景有沒有關係，不答的話，我讓小霆霆吃了妳。」

「別人給我的，我也不知道那東西的來歷。」趙憐哼一聲。

捌．
嫦娥舞幻術，白彊匿蹤跡

「……小霆霆，她真的很不受教呢，這樣吧，燕奴不愛吃眼睛，我們吃，你要左眼還是右眼？」

吼吼吼吼吼吼！我才不吃眼睛，你這變態鬼！

「你轉生後也挑食了。」無奈的搖頭，「挑食是不好的、挑食是不對的、挑食不健康——」

喵了個咪神棍你嘮叨完了沒？快辦正事！

「好啦好啦。」神棍把注意力轉回到趙憐身上，「小霆霆覺得妳不好吃，可能怕生食會有細菌感染，那、用火烤一烤好了。」

一張符灑向趙憐頭上，整個娛樂廳裡陡然間燠熱如夏，趙憐是識貨的人，知道鍾流水的這招天火正心符能夠召喚天外飛星，冷森陰翳自她眼中一閃而過，也不掙扎了，卻是合掌朝台下所有觀眾頂禮。

她恭聲說：「菩薩的降臨，正是為了要讓娑婆眾生體悟佛法的圓滿微妙，如連花出水，不染淤泥，清淨善美，最是稀有。」

一叢火焰從她腳下往上冒起，伸展成一朵大如車輪的白色蓮花，香潔氣味世間難尋，站在其上的趙憐也如同被那神聖的蓮花與清香所淨化，體態極致，正如菩薩降臨人世。

這樣的結局正與事前的排演相符，盡責的主持人立刻感性旁白起來：「諸法因緣生，諸法因緣滅，嘉賓們今日前來，正是與菩薩結了緣，菩薩將保佑各位一生都平安喜樂，遠離苦難。」掌聲幾乎就要掀翻天花板了，女賓客們甚至因此流淚，所有嘉賓的身心都被洗滌，這是一場凌駕於好萊塢製片的重量級表演，他們決定回家後都要去信佛了有木有啊！

鍾流水卻是暗忖，這小妮子想幹什麼？突然發現四周暗了下來，唯有白色蓮花發著幽光，舞台上因此反射出一整片水波榭影，一尾比目魚於其中游動飄盪，趙蓮卻不見人影。

糟了！鍾流水正要追，比目魚卻變成一條身軀龐大的黃龍，蜿蜒盤在他與白霆雷身前，鍾流水要跳過牠，黃龍卻上下騰挪阻擋，轟轟響雷裡夾雜大量響砲與硝煙，很快台上變得模糊一片，而台下同樣爆出如雷掌聲，無知且幸福的觀眾依舊以為這也是表演的一部分。

已經收縮進去的虎爪再度霍張，輕易就能粉碎骨頭的裂齒扣上那閃亮的龍體，血肉橫飛，鬣鬚賁張，黃龍轉而與白色老虎扭打起來，看似巨大的龍身不知為何竟然禁不起虎爪子的撕扯，很快這頭黃龍碎成了好幾段摔在地上。

鍾流水推開掛在身上那一截龍尾巴後跳出去，氣急敗壞叫：「又是障眼法，別纏鬥，追人要緊！」

主持人似乎也看出不對勁了，暗示工作人員快放下舞台布幕，而把趙憐當成寶的經紀人趕緊跑後台去找趙憐，沒找到人，他又跑到化妝室去，裡頭她隨身的皮包及原本的衣物都還在，人卻失蹤。

急得跟無頭蒼蠅似的他正要離開，噗咚一聲，鍾流水把他給按在地下，恫聲嚇問：「姜憐住哪裡？」

「他人隱私，可不能……」經紀人臉被壓在地下，翻白了眼上看，不爽的說。

鍾流水比惡鬼還惡鬼的嘴臉就放大在經紀人眼前，陰慘慘冷風由血腥獰怖的嘴裡吐出：「說！」

經紀人嚇到漏尿了，淅瀝瀝淅瀝瀝，兩腿打顫迅速報了個地址出來，但是鍾流水還不放心，問說趙憐除了租住的地方之外，還有沒有其他可能會去的地方。

經紀人搖頭，「她平常不會去別的地方，因為家裡有病人，需要照顧，總而言之，她很缺錢……」

「什麼樣的病人？」

「不清楚，好像是她親人……染上怪病，無法出遠門，趙憐為了照顧他啊，把其他城市的表演邀約都推掉了，賺的酬勞全花在他身上。」

鍾流水對白霆雷說：「她如果要逃，一定會帶著那個病人，我們這就去堵她。」

經紀人見他們要走，不死心的說：「你們能帶趙憐回來吧？她、她未來三個月的表演行程都排滿了，要是回不來，我怎麼辦啊～～」

鍾流水嫌他囉嗦，又聽到外頭腳步聲雜亂，大概有飯店警衛來查看了，這要解釋起來，少不了要花上好幾個鐘頭。

「喂，跑路了！」立刻交代白霆雷。

吼吼吼，跑路？有沒有搞錯啊神棍，只有作奸犯科的人才需要跑路，我堂堂一個警察，才不跑路，絕不跑路，永遠不跑路！

「再鬧彆扭我打死你！去，拿行李……別走樓梯電梯，你現在是虎身！」鍾流水惡狠狠道。

吼吼，那該怎麼辦？

「爬牆壁不會喔笨蛋！反正你房間的窗戶打開著。」

吼神棍，我的房間在十五樓！

總而言之，最後白霆雷乖乖的跳出建築物外，沿牆壁爬回房間，化回人身拿齊自己的錢包證件和行李，就跟神棍在飯店的中庭花園裡會合，兩人叫了計程車，風風火火往趙憐的住家去。

經紀人報的地址是一棟老舊公寓，鍾、白兩人找到趙憐租住的該樓層，白霆雷耳朵貼在門邊，想聽聽裡頭有無動靜，然後他就被某人巴了頭。

「你又發癲喔！」白霆雷憤憤揉著後腦勺問。

「等你聽出動靜，人都逃了，這時候應該要這樣！」

夾腳藍白拖直接往老舊發黃的門板踹過去，砰一聲門被踹飛了，鍾流水當先進去，白霆雷在後頭喃喃說著：「擅闖民宅，有罪啊，警務人員怎麼可以知法犯法？都是神棍的錯，我只是要過來勸阻……」

嘴裡嘮嘮叨叨唸著，但害怕有鄰居聽到異狀而報警，所以他還是乖乖的把門板抬起架回門框去，掩飾神棍犯罪的證跡。

他這邊善後工作處理好，那邊鍾流水已把整間房給繞了一遍，沒發現趙憐，人還沒回來嗎？不放心，再度仔細檢視這公寓，小而陰暗的內部空間，跟趙憐在舞台上表現的華麗亮眼完全不同，屋角堆了幾包黑糯米，天花板正中處的燈泡非常暗淡，這裡像個鬼屋。

這時候白霆雷掩著鼻子叫：「神棍、好臭！」

鍾流水回頭殺來一個眼刀，「我哪裡臭啦？」

「我說的是屋子裡的臭味，你沒聞到？」白霆雷趕緊解釋。老實說，神棍當然不臭，沒事還飄些花香味咧，跟娘兒們似的討厭。

鍾流水當然早已經聞到那股臭味，對他而言，那是種很熟悉的屍臭味。

「在那裡。」驀地，鍾流水指著牆邊一張小小的金屬架帆布行軍床。

白霆雷看清之後，基本上想吐了，床上直挺挺躺著的是人嗎？雖然還看得出人形，但全身卻長滿了白毛，臉上潰爛長膿瘡，身體還不停的蠕動著，乍看之下，倒像是一隻巨無霸毛毛蟲。

如今毛毛蟲正被幾條紅色的線固定在行軍床上，瞪著天花板，瞳孔渙散，看來真像個死人。

床上這蟲、不、這人是誰？難道就是經紀人口中所說的病人嗎？好端端的人為什麼會長毛？難道這其實不是人、而是一隻白毛狒狒？

鍾流水沉聲說：「這是白殭。」

難怪屋子裡有黑糯米，黑糯米能驅除邪氣，防殭屍，趙憐準備這些的用途不言而喻。

「白薑是什麼鬼東西？」白霆雷忙問。

「人死後不小心葬入養屍地或聚陰穴，就會變為殭屍，殭屍分為好幾個等級，一開始身體會先長出白茸茸的毛，叫做白殭，是等級最低下的殭屍，這時候的他們行動還很遲緩，也怕光，很好對付。」

「殭殭殭殭殭殭屍？！」白霆雷嚇壞了，原來不是薑，而是殭，他小時候看過好多殭屍電影，裡頭的殭屍會吸血，身體不腐爛，但因為四肢僵硬，所以行動時都只能一跳一跳的，太恐怖了！

「對，就是殭屍。」鍾流水指著那黑線，「這是墨斗線，墨汁裡頭加了朱砂，借朱砂的火性來鎮住殭屍，再以三長兩短的方式綑住固定，這是古代捆棺材的方式，同樣有鎮屍的作用。」

「所以這人已經死了，這這這、趙憐沒事在家裡捆著個殭屍做什麼？」

鍾流水撚幾根白毛聞了一聞，又捏了捏白殭的手腳，他本身是桃花仙，五行之精，本身自能厭伏邪氣，制馭百鬼，殭屍的毒對他並不怎麼構成威脅。

「這人沒死……」瞇眼細細瞧，「可能是受到了詛咒，一種下在墓裡的咒術，讓侵入者的身體慢慢產生變化……」

白霆雷不太相信，有那麼厲害的咒術，世界上哪還有人敢盜墓？他東看西看問：「神棍你囉哩囉嗦一大堆，到底有沒有辦法救人？」

「殺死他反而對他好些。」鍾流水搖搖頭，「他現在雖然正處於白殭的階段，一但讓他喝了生物的鮮血，那就會變為黑殭，飲過鮮血的他會開始對血產生極度飢渴的欲望，到時候他可就是不折不扣的暗夜殺人魔了，要殺他，用火燒是最快最好的方式。」

「燒了他，算我的。」白霆雷一秒立答，在他心中，殭屍就是鬼，為了其他人的安危，犧牲一個鬼不算什麼。

「不行，他是找到趙憐的關鍵。」鍾流水手一劃，指甲輕巧的將墨斗線切斷，然後指著角落的一個大塑膠泡澡桶，「小霆霆你的手過來，幫著抬他到桶子內，快！」

「我的喵掌很高貴，才不要去碰那些毛毛又臭臭的白殭！你力氣明明也夠，一個人就能抬，幹嘛找我？」

「我懶得使力氣。」

「你真的很懶，懶成這樣，將來怎麼嫁人？嫁過去不但會被恥笑，娘家也丟不起這個臉，除非你有本事找個富二代，直接當少奶奶——」

「你這番思維到底是怎麼來的？我是仙人，不會跟凡人婚配，我也不是女人，嫁誰啊？」

「我媽天天這樣唸我妹妹，我聽熟了，一見到人懶，就忍不住跟著這樣罵，總之，萬惡懶為首，你再這樣懶下去，遲早也變成殭屍……咦，人呢？」

由不得他不愕然，行軍床上空空如也，只有已經斷掉的墨斗線殘留上頭。

鍾流水暗道一聲不好，迅速掃過四周，完全沒有白殭的蹤影，心念一動往上看，天花板上，白殭如壁虎一樣攀著，脖子更以正常人體不可能達到的角度轉過來，眼裡瞳孔小如豆粒，斗室內的臭氣更加濃郁。

「屍變了屍變了，神棍快抓住他！」白霆雷哇啦啦叫，他倒不是害怕白殭，而是嫌他噁心，能不碰就不碰。

鍾流水葦索一抖手，綠芒返照，電光盈眼，往白殭腿上打去。白殭暴掠而下，朝白霆雷彈飛而來，白霆雷孬種的雙手護頭往旁滾去，他不想碰到那叢叢白毛啊！

白殭跟著橫移，他因為害怕鍾流水身上的桃花香味，卻又有喝血的渴望，於是追著白霆雷跑，雖說白殭四肢僵硬，卻平移迅速，眨眼便欺近白霆雷後背。

白霆雷汗毛直豎，啊啊啊亂叫，「看我的佛山無影腳！」

回身一踢，咚的把白殭給踢到牆壁上，但是白殭基本上並不怕疼，跌到地上後又跳起來，口裡兩顆上犬齒倏地伸長過下顎，噴著腥氣又來，白霆雷只能憋足氣連環踢腿，直把白殭踢得離地兩公尺後又跌下，惹得窗戶外傳來鄰居吼叫。

「夫妻打架等白天再打！還讓不讓整棟樓睡覺啊？！」

外來的聲響提醒了白殭，屋內的兩人既然難搞定，那他往其他地方去喝血，猛然便往窗外衝，鍾流水綠鞭捲住他的腰拖回來，白殭大力反抓，一手跟鍾流水抗衡，另一手竟然將白霆雷給扯了過來，黑長指甲整個嵌入他肉裡，扭頭就要往後者的脖子咬去！

白霆雷情急之下，感覺到身體的細胞開始異變，扭轉——

就在他要變成白澤的前一剎那，白殭居然一動也不動了，神棍手上卻是噗噗聲不絕，桃枝不斷刺入白殭穴道裡。

「一針人中鬼宮停、鬼信刺入三分深！」

鍾流水施針刺入白殭的鬼宮、鬼信、鬼壘、鬼心、鬼路、鬼枕、鬼床、鬼腿、鬼封等人體的十三個鬼穴中，阻住殭屍身體裡的陰氣，讓他失去力量，再也沒有丁點力氣。

白霆雷因此沒有繼續變化下去，免除了再一次成為裸男的下場。而白殭也為陰氣流動不順，身體當場軟了下來，啪一聲栽倒在白霆雷身上。

「唉唷你跟殭屍感情真好，吶、我也希望自己的寵物能多交些朋友，才不會自閉……該怎麼

捌·
嫦娥舞幻術，白殭匿蹤跡

整治你的新朋友呢？」鍾流水繞著殭屍轉，口中喃喃自語，「十三靖鬼針只能讓他安分一會兒，要拔毒，最好還是黑糯米……」

「怎樣都好啦，神棍你快把我背上的殭屍給弄走！」白霆雷破口大罵。

「……那就讓白殭洗個糯米浴……」神棍還在考量整飭殭屍的方法。唉、真煩，殺殭屍很簡單，治療殭屍卻不容易啊。

砰咚一大響，大門霍然被撞開，大片腥風襲捲入屋，隨著狂風怒吼紛紛，猿猴熊虎各種怪獸奔了進來，牠們咆哮露齒張牙舞爪，一下子就堵在門口，血盆大口裡獠牙外露，聲勢相當驚人。

鍾流水一聲冷笑，「又是障眼法，妳不煩我都煩了。」

一彈指，桃花朵朵舞春風，煙硝四起，驍勇猛獸全都起火燃燒起來；二彈指，室內颳起一陣香風，風助長火勢，將所有動物全呑噬入火海；三彈指，風停火熄，地下唯有殘留未燒盡的紙灰。

「姜小姐，妳出來吧。不出來也沒關係，我有的是各種法門逼妳現身。」

爆裂聲響，趙憐、不、姜憐居然破窗而入，第一時間跳到白殭身後，迅速取出制衡住白殭的十三根靖鬼針，白殭猛的大吼，惡風由他嘴巴吼吼冒出，白霆雷不小心吸了一口，腦裡一陣暈，身體卻感應到陰涼的風壓近身，他想都不想就低身滾往一旁，及時避開白殭於他背上的一抓。

白殭跳來，五爪又要往白霆雷後心插下，葦索飛來救援，白殭反手握住葦索，卯足力氣要將鍾流水給拉過來。

「燕奴！」鍾流水叫。

二抹黑影由鍾流水袖子飛出，齊往白殭眼珠子啄去，白殭放手改而抓燕子，鍾流水衝前大喝一聲掀翻了他，白毛身子往姜憐方向飛過去。

姜憐雙手一擋一托接下白殭後放下，咬破自己右手手指，往白殭口中抹上一滴血，白殭眼中綠光大盛，像吃了十全大補丸一樣，竟是全力往鍾流水撲去，鍾流水一拳往他胸口重擊，但他不痛不癢，反而借勢欺近，黑黑的指甲尖只差兩公分就能將鍾流水的桃花眼給剜出來。

一大包黑糯米漫天蓋地灑來，白殭慘叫一聲，放開鍾流水後踉蹌後退，大片青色蒸氣自他身上湧出，臉上的膿瘡被那青氣一蒸，潰爛的更是厲害，就連那密密的白毛也有些萎縮回去。

白霆雷一看黑糯米有效，大樂，之前他曾經被毈傀咬傷中了屍毒，當時鍾流水就是以黑糯米粉幫他吸的毒，加上他又看過不少殭屍電影，所以他猜黑糯米對制服殭屍或者有效，果然。

他立刻又奔向屋角，抱起另一袋灑啊灑、灑啊灑！

「來啊來啊，喜歡就多吃一些，很痛苦吧？我也不想啊，誰叫你是殭屍！」白霆雷拼了命的灑，拼了命的扔，恨不得立刻拿黑糯米塞爆白殭，做成糯米腸。

白殭怒沖沖，只想衝過去把白霆雷給撕爛，但黑糯米削減了他的陰氣，而殭屍是靠陰氣生存的，耗的愈多愈是虛弱，到最後殭屍再也受不了，乾脆大吼大叫跳出窗外，白白的身影消失於樓與樓的陰影裡。

「呂麒！」姜憐大叫一聲，跟著也從窗戶跳出去，看她著急要追回的模樣，這白殭不是她的親人、就是親密友人。

白霆雷追到窗戶旁看，不可思議的對鍾流水說：「有沒有搞錯啊，這裡是六樓……欸欸欸、神棍你幹嘛也想跟著跳！？」

「好殭屍，不追嗎？」鍾流水問。

「追，當然要追。」白霆雷答的順口。

鍾流水點點頭，「那就快變成白澤讓我騎，追！」

白霆雷：追妳妹夫啊追，#%&X%#O～～

鬼事顧問、零伍。五鬼鬧。

【第玖章】天仙試人膽，

凶魂歸鄉途。

回到田淵市這裡，終於放暑假的姜姜章魚二人組跑去看了場美國大製作大卡司的3D電影，出電影院時天都黑了，姜姜則還沒從熱血澎湃的劇情裡回來。

「欸欸章魚，天神拿槌子放電好威啊，你也會放電，動作卻不帥氣，要不也去弄把槌子來，槌子比較威風。」經過公園時，姜姜比手畫腳說。

「那只是電影。」張聿修冷靜提醒，「槌子與雷並不存在著必然的關係、施用法術也不一定要擺出很酷的姿勢。」

從來都不認真聽人講話的姜姜卻已經開始掏口袋，「嘿，去五金行買，我贊助。這口袋裡有五塊錢……另一個口袋……一塊錢……買電影票買光了吧……」

「真的不用……」張聿修拒絕得很無力。

姜姜大方地把六塊錢放在張聿修手中，說：「拿去吧，不用客氣，我們是好朋友。」

張聿修無語，六塊錢連顆茶葉蛋都買不起，但是看到姜姜期盼的眼神，算了。

「謝謝。」將六塊錢收到口袋裡，然後問：「你現在沒錢了，漢堡還吃不吃？」

「吃，你請客，都說了我們是好朋友。」

這答案早在張聿修的意料之內，跟這天兵當朋友久了，最大的收穫就是練成處變不驚、慎謀

玖．天仙試人膽，凶魂歸鄉途

能斷、泰山崩於前而面不改色、被占便宜也能以一杯淡定紅茶來帶過……

只是，接下來的事態卻由不得他淡定，因為天空這時飛來了一顆——

「流星，快許願！」姜姜驚喜看著天空，合掌祈禱，「希望舅舅旅行回來送我IPAD……」

這麼不切實際的願望，許了有用嗎？本身個性並不太浪漫的張聿修淡定看著天上流星自遠遠的天邊劃過。

然後他發現，那顆流星突然間轉了個奇妙的彎度，依稀彷彿朝這裡而來。

錯覺吧？

他揉揉眼，卻看見流星愈來愈大、愈來愈大——

「快躲！」

張聿修撲上姜姜，衝力帶著兩人往前翻滾了幾翻，就聽轟隆隆炸響，好似有兩、三股雷光交衝撞擊，震得空氣都焦熱，濾起的波動讓人耳朵都疼痛。

幸好這裡是鋪著柔軟人工草皮的公園，兩人跌撞倒地，也沒什麼皮肉傷，就吃了些草跟土，只是姜姜還搞不清楚狀況呢，躺在地上茫茫然。

「還沒許願完成……啊啊、沒有IPAD了……」

命比較重要啊同學！張聿修忍住想要吐槽的衝動，惶惶回頭，發現就在剛才兩人站立的地方，出現了個焦黑的小坑洞，縷縷白煙冒出。

他腦中飛快閃過幾個造成此種現象的可能性，最合理的解釋就是隕石。

站在城市公園裡，被一顆外太空隕石擊中的機率有多少？相信比被雷打死還要小，為什麼這麼難逢的機遇會發生在兩人身上？

天兵姜姜倒是有個好主意，爬起來說：「嘿，隕石可以拿去賣錢，有錢就能買IPAD～～」

趕緊勸天兵別亂撿東西，「這東西從外太空來，或許有輻射……」

話還沒說完，天邊再起異象，這回卻是一團紫色的仙氣，張聿修看見裡頭有位戴旒冕、著袍襯鎧、卻看不清面目的人，斜坐在一頭長了翅膀的狼獸上頭。

張聿修非常驚訝，紫氣是祥瑞之氣，也是仙人或聖人的象徵，帶翼狼獸則是仙人的星軺，但是，仙人該待的地方不是天庭就是洞府，為什麼跑這裡來了？

思考間，紫色仙雲竟然風馳電掣朝他們兩人掠來，怎麼看都像是要攻擊兩人。

玖．天仙試人膽，凶魂歸鄉途

張聿修覺得大大的不對，忙扯姜姜躍離，但仙人反應快的就像他早已洞悉兩人的動向，雲朵隨著飄轉，一輪冷芒紫電灑出，劈里啪啦的炸響暗示這是殺傷力極強的雷光。

情急之下張聿修立刻使出雷厲光，氣海中凝想雷符，口唸金光咒，「體有金光，役使雷霆，鬼妖喪膽，精怪忘形，急急如律令！」

掌中萬雷奔騰而出，與紫電燦爛交逢，電光火焰滋滋波動，地殼草泥翻飛成一片塵環，方圓草木全數焦枯，張聿修以凡人之軀承受衝擊，要不是自小刻苦修練，強化了體能的防禦力，這時候早就受重傷了。

仙雲中清冷之音迸現，那聲音好聽的不得了，但語氣裡的冷森之意又如十二月天的高嶺寒霜，刺得人骨髓發寒。

「玄奇門子弟張聿修，盡速離開。」

「上仙何人？」張聿修忍著幾乎就要衝出喉頭的一口血，壓抑著怒氣問。

「你不配知道。」重申，「速離。」

張聿修轉頭找姜姜，發現他似乎無恙，唯有頭髮亂了些，雙眼赤紅迷茫，看著紫雲裡那位面目模糊的人。

「走吧。」他說，過去拉著人要離開。

上仙阻擋，「留下桃花仙的外甥。」

張聿修這才知道，原來雲裡仙人是專門針對姜姜來的，他天生有正義心腸，當然不會眼睜睜看著好朋友受欺負，但也自知不是仙人的對手，所以只能──

「逃！」三十六計中的最後大絕招。

仙人灑出一張亮燦燦的布，當頭便往地上兩人罩去。

那是星羅雲布，以天河織女織成的雲錦，墜以二十八宿星石而成，二十八種星石，二十八種力量互補有無，讓雲布毫無縫隙，妖精惡道若被罩上，逃無可逃，就連大羅金仙十八羅漢逢上，都得打掉五百年道行。

張聿修不懂星羅雲布的厲害，就發現眼前銀光一閃，雙腳已經被定在地上，眼見網子就要罩下來，身旁人卻一聲冷笑。

「好玩了……」

是姜姜，他身上殺意驀起，帶起滾滾塵煙翻天，周遭枯焦黃葉襲捲，殘忍狠酷的戾氣全朝星羅雲布橫劈，千百道殺氣遊動變化，與仙氣擦出一道又一道的電光，將周圍照耀明亮。

玖・
天仙試人膽，凶魂歸鄉途

「居然是秋殺。」仙雲裡的仙人說。

秋屬金，也指金屬利器，地上這人本質如金鐵剛烈，能傷斫天地間諧和正氣，這樣的氣勢若是放任下去，天會崩，地會裂——

而發出此種能衰敗萬物氣息的人，正是姜姜。

仙人露出一抹淺笑，臉上霧靄淡去，紫雲中現出一張絕代少年的臉面，垂眉低望，天之驕子的貴氣於琉璃般的眼眸中迴轉。

張聿修這時認出了他是誰，居然是陸離！

為什麼陸離會變成乘雲駕獸而來的天上神仙？

星羅雲布微晃，卸掉了姜姜的秋殺，俐落往張聿修捲纏而來，張聿修驀感脅側傳來劇痛，接著被重重拋往公園內的水塘裡，水聲四濺，荷葉凌亂，池裡的魚兒都驚跳出水面。

張聿修也來不及跟魚兒們道歉，掙扎著浮出水面，一看，陸離紫光如帶，又跟姜姜鬥上了，他駕策星軺以破邪之力朝姜姜飛捲，這是實碰實的對撞。

姜姜卓立不動，眉宇間覆蓋一層陰晦暗影，與之成強烈對比的卻是他的赤紅眼睛、飄飄怒髮，甚至、嘴角那若有似無的執拗。

手腕倏翻，更為激烈的轟鳴自他眼前爆響，地上土石瘋狂朝上噴湧，替姜姜築成一道盾牌，天生自有的殺戮戟氣迎上紫光，兩種相反又強大的能量碰撞！

草土紛飛，視野蒙塵。

姜姜腳下立刻又下陷了半公尺多，張聿修所處的水塘是激晃不已，彷彿此地正遭遇強烈大地震一般。

陸離策著星軺貼地飛旋，姜姜扔出石盾，挾萬鈞力道朝陸離橫切而去，陸離於間不容髮之際跳下星軺，雲布拋出，斜劈姜姜腦袋。

姜姜暴吼，尖厲音浪如刀如劍如槍如矛，如世上一切以金屬打造的殺人武器，剮懾著人耳，撕裂著人心。

那是煞神級別的聲煞，音量聽來並不高，殺傷力卻連陸離都有些擋受不住，更何況是不遠處的張聿修?他耳朵裡像有幾百幾千隻的鐵鎚亂敲亂打，知道再聽下去，腦筋肯定爆掉，於是立刻摀住耳朵沉到水塘裡。

姜姜還不罷休，飛沙走石之中，凌厲殺意沖天而起，他整個人就是一種無上兵器，瞧他的拼勁，竟是不做任何防禦，直接要將陸離給粉身碎骨。

玖‧
天仙試人膽，凶魂歸鄉途

陸離撮口呼哨一聲，星軺過來將他馱起後飛天衝高，直避其鋒，略白的臉色回望，顯示他心中冒起了一種不該有的想法。

撲空的姜姜於穩定身形後，同樣朝上仰望，眼裡陰鷙凶狠，「……若是我有五兵在手，定將你挫骨揚灰！」

說完轉身便要走，竟是再也不想浪費時間打下去，他根本不將陸離放在眼裡。

水裡的張聿修感覺聲煞的威脅已經過去，再次由水塘中冒出，卻發現姜姜離開的方向有異，不是桃花院落，也非他的家，姜姜到底要去哪裡？現在的姜姜到底還是不是……

「姜姜！」他喊。

姜姜回頭邪魅一笑，赤紅如血的瞳眸之中卻沒有任何焦距，這樣的他看來像是眼中放不下任何人，卻又像是早將世情瞭然一空。

然後他脫起上衣來，纖薄的身體暴露於滿目瘡痍的公園之中，張聿修看見他背後有一團暗影匍匐。

勾人妖冶的音質響起，像是年輕女子正在對情人細細低語，但是若仔細聽，低語的內容卻完全不是那麼一回事。

「姜姜要乖唷，主人不希望你亂跑，世途艱險，人心多變，七月鬼門又將開啟，到時候大鬼小鬼都出來，你會被拐走的呀～～」

張聿修一聽那聲音就辨認出是見諸魅在說話，怪了，見諸魅是鍾流水最心愛的蝙蝠，沒跟著他一起去外頭辦案，難道是特意留下來盯著這位前不見古人、後不見來者的天兵姜姜？

但、見諸魅在哪裡？

很快姜姜給了答案，殺氣再度由他身上襲捲而出，轟轟滾滾，地動樹搖，附著於他背上的那道暗影也被震飛出來，卻在即將落地之前幻化身形，竟然就是蝙蝠見諸魅。

「見諸魅小姐！」張聿修忙大叫。

見諸魅飛得歪歪曲曲，好似身受重傷，卻努力飛來張聿修身邊，哀婉淒吟著：「聿修君、快、姜姜這回鬧凶的很嚴重，居然把奴家給彈了出來……快呀、一巴掌叫醒他～～」

一語驚醒夢中人，張聿修也顧不得全身濕淋淋還兼懷內傷，狼狽爬出水塘，衝往姜姜一抬手，卻聽姜姜一聲怒喝。

「都給我滾！」

聲煞飄風，把張聿修給捲往好幾公尺之外，見諸魅也跟著噗咚一聲摔在他身邊。

玖．天仙試人膽，凶魂歸鄉途

「唉唉、奴家這嬌弱的軀體，怎受得起辣手摧殘～～」牠舉起沾滿灰塵的趾爪，以皮質薄翼掩面嚶嚶哭泣起來。

姜姜隨意披起上衣，轉身望著某個方向，一絲猙獰笑意揚起，「對了……我該回家……」說完便頭也不回的朝西邊奔出，急急若流星。

張聿修想追，卻是心有餘而力不足，他全身的骨頭都像散了，他甚至不知道自己的手腳還連不連在自己軀體上。

卻聽天上蹄聲得得，兩頭星軺飛了下來，其中一頭自然是載著陸離的狼獸，另一頭卻是黑色鱗甲的翼獸，張聿修從眼角看見坐在黑色翼獸上頭的星君威風凜凜正氣盎然，竟然是阿七。

今天到底怎麼回事？陸離跟阿七都是他熟的不能再熟的人，尤其是阿七，不就是群青巷口土地廟的廟祝嗎？他居然還擁有星君的另一身分！

然後他完全明白了，難怪陸離就住在桃花院落附近，因為阿七就是陸離口中那個替他買電腦、買愛瘋、裝遊戲、偶爾還替他寫作業的老好人親戚！

就聽陸離喊：「值日功曹何在？」

身披光明鎧甲、手執鋼鐧的落腮鬍武官現身，朝陸離躬身抱拳答：「周登聽候星君吩咐。」

「速速聯絡值年、值月、值時功曹、日夜遊神，找出桃花仙目前的下落。」

周登領命去了，陸離接著對阿七說：「你親下地府傳我諭令，讓閻羅王開奪谷，去瞧瞧蚩尤之魂還在不在。」

阿七眼睛望著姜姜遠去的方向，問：「你認為……」

「桃花仙的外甥是凶悖魂體，他的秋殺之氣，與數千年前的蚩尤於涿鹿戰場上發散的相似。」陸離眼裡一黯，「你我都曾經歷過那場戰事，應該熟悉蚩尤那戰兵之魂的氣勢，天上地下、古往今來，無任何神能出其右……」

「或者只是巧合，或者蚩尤一族在數千年後，恰好有子孫傳承其完整基因……」

「你是說桃花仙的妹妹與蚩尤後裔婚配了嗎？她的婚配對象到底是誰？地府生死簿上，為何缺了桃花仙外甥的父親名字？姜姜轉生之前的記錄更是一片空白，不覺得此點耐人尋味？」

阿七嘆口氣，「姜姜的母親早已入了仙籍，地府生死簿能詳列的自然有限，更或者有人在生死簿上動了手腳。」

「誰在生死簿上動手腳，是你該順便調查的事。」陸離輕哼一聲，「事關重大，就算桃花仙的外甥是你看著長大的，也不能軟了心腸，這當中要有個差錯，可得付出生民塗炭的代價，知道嗎！」

「我懂，我這就去地府一趟。」阿七接著問：「你呢？」

「桃花仙的外甥朝西方而去，我想知道他最後落腳何處。」陸離指著姜姜離去的方向，一拍星軺，紫氣緩緩升空。

阿七忙叫住他，「等等！」

「還有什麼事？」陸離回頭問。

阿七丟過去一件物品，「你的手機忘在客廳了。」

「太好了，我的切水果豪華版塊過關了、不是、人間的通訊器材很好用，我一有消息就通知你。」說完就急匆匆駕著星軺離開，他是貪狼星君，不能給人留下玩物喪志的印象。

阿七吞下「地府裡沒有基地台，你打電話來我也收不到」之類的提醒，跳下自己的星軺，先去檢視張聿修的情況。

張聿修身上皮肉傷不少，臟腑卻受到大震動，內傷比較嚴重，阿七立刻打入自己的仙氣，這仙氣對凡人而言，有如仙丹妙藥，只要張聿修回家後，好好把這股仙氣引導入任督二脈、奇經八脈，不但內傷很快會好，對他的修為也有很大的幫助。

「……阿七先生，你……」張聿修艱難的開口，「也是星君？你……」

阿七沒回答，先撤掉公園四周的封印，因為陸離為了測試姜姜，竟使出天外飛星及星羅雲布等等的法寶，那來自星際的武器極具殺傷力，容易引起人界恐慌，所以阿七施用類似封印的法術，讓人進不了公園，也聽不到鬥法的音效。

抱起張聿修上星軺回到張家。

張聿修的父親張敬是玄奇門掌門，發現天空有異，抬頭便見紫氣繚繞，這下驚訝可不小，立刻焚香跪拜，恭迎上神。

星軺落在張家庭院中，阿七把張聿修交給張敬，叮囑要讓張聿修好好休息個一天養傷。

張敬忐忑的看著坐在一旁病懨懨的兒子，剛才老婆說兒子幾個小時前跟姜姜看電影去了，怎麼如今卻受了傷回來？自家兒子何時認識了這位星君？姜姜呢？

「我兒子他……」

「他沒事。」阿七接著對張聿修說：「……別再管姜姜，他來歷古怪，已經沒有你能插手的餘地。」

玖．天仙試人膽，凶魂歸鄉途

「不行，鍾先生交代過我……」

「事態發展下去，將由天庭來善後。」阿七語聲僵硬，「連鍾先生也無能為力，你小小一介凡人，明哲保身就好。」

是的，不該看的不看、不該聽的不聽、不該說的不說，韜光養晦，獨善其身，才是明哲保身之道。

他拍拍星軺的頭要離開，張聿修卻勉力提氣叫住他。

「阿七先生……這樣可以嗎……」他問：「你說的明哲保身……難道就是隨波逐流？若是你的朋友也遇上……你會放著他不管？」

「星君仙威凜盛，注意禮貌！」張敬教子極嚴，立刻糾正。

張聿修嘴唇抿緊，卻依然雙眼熚熚，等著阿七的回答。

「我會管到底。」阿七點頭說。

正如同貪狼星君僕僕風塵下凡來，囉哩囉嗦管他一大堆，但其內心的出發點不也是無法置他於不顧嗎？今天要換了貪狼星君有麻煩，他自然也是兩肋插刀幫到底。

人事仙事天下事，如網糾結，常常有許多事可以不管，但必須管，這可不是一句明哲保身就能敷衍過去。

有時候就連寡欲清心的仙人也逃不開這張網。

人間白天有日，黑夜有月，地獄裡卻時刻幽光暝晦，終年氣溫低冷，是懲罰鬼犯的好地方。地獄裡還有酆都天子殿及陰王十殿；酆都天子殿是酆都大帝的居所，大帝前身為炎帝，表面是主宰幽冥地府之神，但掌管地獄的實權其實在十殿陰王身上，陰王們各有職權，其中的閻羅王則負了管理奪谷的責任。

此刻的閻羅王鬢髮蓬鬆，鬍鬚飛舞繞腮，曲領大袖、革帶束腰、一身紫色官服隱隱有瑞光，正坐在由數十位青面獠牙鬼抬著的轎子上，轎上懸掛一顆破暗穿暝珠，催命判官與追魂太尉為前導，牛頭馬面助開路，夜叉羅剎後跟轎，一行人浩浩蕩蕩往奪谷而去。

騎著星軺的阿七與閻羅王並駕齊驅，他目前雖然只是小小的土地，但奉貪狼星君之命而來，閻羅王也不敢怠慢他。

與陰司地獄所在地的崎嶇山嶺不同，奪谷其實是一處地塹，位於遼闊貧瘠的斷陷谷地裡，裂口上寬下窄，深不見底，兩側斷壁凹凸不平又險怪，鬼魂若是不小心掉落下去，還不到谷底，就

玖．天仙試人膽，凶魂歸鄉途

已經被嶙峋山石給撕扯成塊，更別說底下還有吃鬼的土伯據守，一旦進了他的五臟廟，什麼投胎轉世也不用想了。

至於奪谷，是專門囚禁凶悖之魂的地方，那是承襲暗能量而凝成的魂魄，嗜血好殺，具有常人無法匹敵的異能，一旦投胎成人身長大，喜歡挑起戰爭，滿足殺戮的欲望。

天庭為了維持天地秩序，對這種會帶來混亂的精怪之物從不寬貸，發現後必殺無赦，然後將釋出的魂魄囚禁於奪谷裡，永遠不讓他超生，以免再度危害人世。

閻羅王的車駕與阿七的星軺直往奪谷底層飛下，原本陰暗的谷底，被轎子上頭那顆破暗穿暝珠給照亮，一群群奪谷的特產食屍蠹魚慌張的分頭逃竄，牠們害怕那光亮，更知道閻羅王的轎子即將停駕谷底，不逃就等著變成白色扁蠹魚。

在寬有數尺的谷底停下車轎與星軺，前頭谷路漸趨窄小，閻羅王這回只帶著判官跟太尉前行，阿七隨後，山壁兩旁開始出現一個一個的孔道，像有鬼祟埋伏其中。

閻羅王一直走到路底，在一個小山洞前停了下來。

「閻羅王大駕巡查，土伯快快出來迎接。」判官如此連呼三聲。

兩旁沙石紛紛自山洞上頭滾落，一位牛頭人身、猩猩手爪、三隻眼睛的獷悍怪人鑽出了山洞，他身上沒有布片遮蔽，只有九根草繩纏身上，勉強遮住了有礙觀瞻的部分。

「原來是閻羅老頭，還有……嗯、我認得你，七殺星君，但我聽說你已貶成一方土地，怎麼有空來奪谷？」土伯說話的聲音粗糙嘶嘎，彷彿幾顆石頭在磨礫，刺耳而難聽。

「土伯。」阿七拱手為禮。

閻羅王一捋鬍子問：「涿鹿戰後的四千五百年間，除了本王之外，還有誰進入奪谷裡頭？」

土伯蹲在地上，隨手撿了個食屍蠹蟲往嘴巴裡喀吱喀吱的咬，慢條斯理答：「幾個月前，度碩山桃花仙來找我敘舊過，他酒喝多了，尿急，吵著說要往洞裡頭小解，我不肯，還跟他打了一架。」

閻羅王頗感不悅，「有這種事，為何不向本王知會？」

土伯嚼嚼嚼蟲子，心不在焉的答：「桃花仙有個鬼名稱，叫什麼驅邪斬祟將軍，雖然在地府無實權，頭銜總還比十王偉大，他當然有權進入奪谷。」

「這！」閻羅王也不知該說什麼，土伯說的也是有理，但，「奪谷是陰間重地……」

「桃花仙那是誰啊，我可打不過他，他進去了一會也就出來了，奪谷裡頭，並沒有因此而發生異狀。」土伯很不負責任的說，就他的表情看來，他對腳邊亂竄亂鑽的食屍蠹魚還比較有興趣。

「強詞奪理、強詞奪理！」閻羅王怫然作色，「你曾是堂堂幽都君王，怎麼可能制止不了鍾將軍！？」

「就算曾是幽都君王，今日還不是淪為地府一隻看門狗？」土伯陰沉的說，額上第三隻眼血色充盈，神色淒厲獰怖，滿地無風竟有塵沙暴起，懸而不沉，凝而不散，一圈塵環圍繞著他。

「造次！」閻羅王怒喝，心底則驚，正如他剛剛說的，土伯此刻雖然不風光，但他曾是幽都之王，提供地下金屬供蚩尤來精煉武器，將黃帝的軍隊打得節節敗退，後來黃帝為了一勞永逸，封閉了幽都，降服了幽都人民，並且派給土伯看守奪谷這樣的工作，變相綁縛他的手腳，不讓他有叛變的機會。

幾千年過去，土伯表現的安分守己，蟄伏於地獄的最深處，十殿陰王甚至都因此鬆懈了心防，忘了土伯曾是多麼的凶狠、暴悍。

土伯看出了閻羅王的虛張聲勢，無聲一笑後，塵埃重又落地，他退回邊角，繼續撿拾小點心吃，竟是再也不看其他人。

閻羅王怒哼一聲，手上出現一盞九幽燈，另一手按上山洞旁，血掌印透壁而入，小小的山洞溶雪一般化開，他撇下隨從進入，只讓阿七跟著。

兩人沿著迴腸小道走了好一陣，終於來到底端，看似無路，但閻羅王繼續朝壁面印上一個血掌印，霍霍震響，壁面出現一個洞口，冷氣由內呼嘯而出，裡頭居然是個冰洞。

閻羅王回頭說：「前頭滿布囚禁凶悖之魂的金剛冰雪，另外設有夜蓮花陣，以防有妖人劫獄……星君要一同進去？」

「這是我來此的目的之一。」阿七回答，而另外一個目的就是翻閱記錄姜姜來由的生死簿，可惜的是，鍾流水的妹妹鍾灼華早已成仙，所以生死簿上勾除了她的名字，底下再無任何記載。

憑藉著自身的仙氣，以及九幽燈的庇護，阿七平安穿過夜蓮花陣，看見桀驁不馴的戰神蚩尤被冰封在萬年都不融化的金剛冰雪之中。

蚩尤，身高數丈威風凜凜，頭上犄角閃爍金屬光芒，據說那犄角銳利的程度，能撞穿所有高山，睥睨萬物的氣勢則能讓觀者不寒而慄，他不只是凶悖之魂，他是最極致的凶悖魂體，而冰裡的他栩栩如生，看來隨時就能踏破這塊金剛冰雪，出來將閻羅王與阿七給踩扁。

閻羅王舉高他的九幽燈，他每日面對眾多鬼魂，但是看了如此的凶魂，也不禁會心驚膽顫。

「蚩尤的靈魂還好端端在此，只有天庭中央元靈元老天君的那把軒轅劍，才能劈開金剛冰

玖・天仙試人膽，凶魂歸鄉途

雪，我想，也沒有任何妖孽膽敢上天庭去竊劍。」

「閻君說的是，據我所知，軒轅神劍還好好的收在中央元靈宮裡。」阿七頷首，卻又問：「有沒有可能……靈魂被掉包？」

閻羅王微怒，拂袖說：「酆都大帝與十殿陰王親自押解蚩尤魂魄入奪谷，誰能於我等眼下掉包？星君此言差矣！」

阿七苦笑，不再說話，只是再度推詳起冰裡的蚩尤。

三軍可奪帥也，匹夫不可奪其志，在奪谷被奪去一切的蚩尤，究竟心中還有何種想法？是不是跟土伯一樣？或者跟自己的一樣？

張聿修躺在床上休養，張敬來到他房間，說已經派遣了玄奇門所有人往大街小巷去尋找姜姜。

「鍾先生離開前，讓我務必看著他。父親你也知道，姜姜偶爾鬧凶，這回鬧的卻很不尋常，可能跟天上星君的故意挑釁有關。」張聿修說。

張敬面色凝重，良久，問了這麼一句：「你可知道鍾先生的身分？」

「得道的仙人？」張聿修這麼回答。

「他是傳說中的鬼王鍾馗，本體則是度碩山上的桃樹，曾經身掌通往幽都的鬼門關之責，被天庭敕封為『翊聖除邪雷霆驅魔帝君』，後來不知道為了什麼緣故，被降級為『驅邪斬崇將軍』。」

張聿修目瞪口呆，這資訊量太大了，他承載不起啊！

張敬娓娓道來：「鍾先生曾經私下來拜訪過我，明說了姜姜是凶悖魂體，偶然會顯露凶性，所以他把雷厲光的口訣傳授給你，以備不時之需。當時我也答應他，姜姜若有事，我玄奇門會鼎力協助，讓仙人無後顧之憂……」

張聿修默默聽著，不敢跟父親明說，鍾流水還另外私傳了一張符給他，那是一張相當恐怖的符……

張敬替兒子關好窗戶就離開了，張聿修閉起眼睛，他要趕緊休養好精神，鍾流水離開前將姜姜交代給他，更別說姜姜也算是他唯一的朋友，找回姜姜他則無旁貸。

夜半風從窗戶吹進來，張聿修覺得不對勁，睜眼，一張熟悉到不能再熟悉的臉俯視下來。

「姜姜，你去哪兒了？」真的是大大的驚訝，千想萬想，都沒想到姜姜會自動回來。

玖・天仙試人膽，凶魂歸鄉途

「我剛剛才把一隻蒼蠅給甩開。」姜姜伸手，「借我錢，我要回家。」

「桃花院落？」張聿修第一個想法是，夜深了，姜姜打算叫計程車回家。

「不是桃花院落，是我真正的家，很遠，需要一大筆旅費。」姜姜說。

大大的違和感湧上張聿修的心頭，他發覺姜姜很不對勁，舉手投足俊俏邪魅，失去了平日的酣趣，卻又沒有鬧凶時特有的強烈悍凜，他現在懷疑姜姜到底有沒有醒過來。

打不打對方巴掌再度成為張同學心中的選擇題，但、或者、其實、他倒很想知道目前的姜姜到底有什麼打算。

雖然對這樣的姜姜不熟，很難預期對方會搞什麼鬼，但是換個方向想，起碼他還記得來借錢，可見自己身為金主的地位早在姜姜心中根深蒂固了吧。

「不管你要去哪裡，讓我跟著。」張聿修盤算了下，下定決心說。

姜姜退開，走到窗前往外望了望，回頭時，表情裡卻是多了一絲傲慢與輕視。

「桃花仙的命令？」嘲諷的問。

「不管有沒有鍾先生，我都會跟，你說過我們是朋友，既然是朋友，誰能放掉誰？」

姜姜低聲笑了一陣，突然他說：「所以我必須回去，我也有很多放不掉的人。」

「誰？」

「走。」

聽得出來姜姜不想往這話題下去，卻只是催促著張聿修成行。

張聿修起身換衣，拿錢拿證件，又潦草的在桌上留下紙條，交代自己跟姜姜出門了，不定幾天回來。

想了想，又抓了牆上的銅錢劍塞在旅行袋中，這時候姜姜已經從二樓的窗戶口跳下，跟平日在學校表現的笨拙完全不一樣，他動作俐落，毫不拖泥帶水，比從小就接受體術訓練的張聿修還來得敏捷。

張聿修搖搖頭，又多了一絲憂心。

這樣的姜姜若是真的暴走起來，他到底有沒有辦法讓對方懸崖勒馬？

鬼事顧問、零伍。五鬼鬧。

【第拾章】天眼覓陰氣，

墨線困邪軀。

老虎的夜間視力一向是出了名的無與倫比，一雙虎眼之所以能於夜間燁燁發亮，得因於虎眼裡頭有一層膜，能將光線反射過視網膜，因而產生背光；但老虎最懾人的其實是牠的吼聲，隨口叫叫都能傳到一公里半以外，這讓熟睡中的風陵市民不約而同於夢中驚醒，同時嚇出一身冷汗，卻完全不知道來由。

風陵市黑白無常仰頭看，一抹白影掠過頭頂，白無常搖搖頭說：「鍾將軍太招搖了，晚上沒事騎老虎逛大街，明天城隍廟裡一定會被拜拜收驚的善男信女給擠爆。」

「這樣也不錯，城市裡愈來愈缺乏信仰，不偶爾嚇嚇那些人，不知道舉頭三尺有神明。」黑無常一揮拳頭，現在收魂的工作比從前還困難，許多新魂看到無常鬼不但不怕，還故意跑給他們追咧。

「對了，將軍的愛虎什麼時候復活啦？」白無常突然想起個大問題。

「打電話問問田淵市的小白小黑吧。」黑無常掏出他新買的愛瘋。

唉，3C產品這種人類最新型態的信仰，連黑白無常都淪陷了。

且不管分隔遙遠的兩對黑白無常在手機裡交換了何種八卦，有一人一虎正躍過曲折迴旋的水泥叢林，搜尋著女孩與白殭的身影，但或許是城市裡頭高聳的建築物太多，提供作奸犯科者多樣性的匿藏選擇，因此——

他們把人給追丟了。

「吼吼！」現在往哪裡走？

「用鼻子聞陰氣……聞不到？你個笨老虎，轉生一次，連鼻子都失靈了！」鍾流水氣得只想當場打扁坐騎的頭，幸好他還算有理智，知道打扁人家的頭，就得勞動自己一雙腿去逮人，最後說：「求人不如求己，我來吧。」

讓白霆雷飛到城市的最高處，手過眉心，口唸開天目咒，開啟能看清陰陽二氣的天眼。

已過子時的城市，沉入一片寧謐的黑景裡，在某些敏感的眼睛裡，可以看見點點的青氣游移其中，那是沉澱於城市裡的暗夜陰靈，而若要從這些陰靈之中辨識出白殭的陰氣，考驗著鍾流水的天眼。

憑藉著資深妖孽的經驗，鍾流水認為西邊有縷幽幽的青光相當可疑，那光不斷移動著，後頭散落的陰氣如同金魚屎一樣，隨著主體移動而遺落。

沒錯了，那就是白殭，白殭本身就是陰毒的聚集點，所過之處陰寒散落，在開啟的天眼裡頭根本無從遁形，只要循線去找，絕對逃不過他的手掌心。

「那裡！」宛如意氣風發的將軍，揮刀前指，要戰虎義無反顧進攻。

「吼吼吼！」等抓到白殭，本警察再也不揹人，太孬啦！

這一追便是一整夜，令鍾流水驚訝的是，白殭一路上未曾停頓，筆直朝某個方向而去，連迂迴甩開敵人的策略都沒用上。

殭屍的思考方式是很單純的，不、他們幾乎不太會思考了，任何行為都是照著本能行事，可以判定，白殭一定是要到某個特定的地方去。

白殭經過的路途愈來愈偏僻，從市區到小鎮、郊區，路面逐漸狹小，路上看到的交通工具也愈來愈稀少，到最後甚至連公車都不得見，只偶爾有輛老舊的農機拖車行過土石路面。

一聲雞啼破曉而出，天亮了，鍾流水和白霆雷發現他們已經追到一個叫做席村的地方。

依山而立的普通小村莊，大約有四十幾戶人家，全是紅磚灰瓦房，門前種菜，後頭養雞，典型靠山吃山的村莊，而天亮後陸陸續續起床工作的村民們一看到鍾流水，立刻嚇得拿起鋤頭鐮刀，警戒的盯著人家瞧。

拾・天眼覓陰氣，墨線困邪軀

嚇壞可憐善良居民的始作俑者，並非鍾流水，而是他身邊一隻吼吼叫的老虎，那可是古老傳說中最可怕的吃人猛獸，白色黑紋的皮毛與落地無聲的超大腳掌，正趾高氣昂的闊步於橫貫村中的黃土路上。

「哇啊啊啊啊～～」有個正在路邊尿尿的小孩兒當場哭了起來，他家老媽立刻衝出來把孩子抱回家去。

很快有村子管理委員跑來，還有幾個壯丁手拿棍棒、開山鋸，氣憤衝來質問，鍾流水嘆口氣：「小霆霆你委屈點了。」

什麼委屈點？白霆雷還沒搞清楚狀況，脖子一緊，吼吼吼，葦索已經繞上了脖子，索繩的另一端握在鍾流水手中。

喵的，神棍居然把他當狗牽！非得抗議到死不可，他可是偉大的白澤，不是區區人間小狗，吼吼吼吼吼吼！

白霆雷這麼一叫，村委員更是一顆心都提到嗓子口了，只能握著鐵鏟當武器，抖著說：「本村不歡迎……虎、老虎……」

「他是狗。」某神棍當機立斷答。

吼吼吼吼吼，老子不是狗！

村委員揉揉眼睛，這明明是老虎，雖然顏色少見。

「是獒犬，你沒看過獒犬吧？獒犬就長這樣子。」鍾流水臉不紅氣不喘的回答：「我綁了狗繩，不會讓他亂咬人。」

村委員很懷疑，不過傳說中的獒犬很凶猛，說不定是他孤陋寡聞了，把獒犬看成老虎。

「真的不會咬人？」他又多問了一句，確保安全。

「不咬人，但是會隨地大小便。」鍾流水點點頭說。

吼吼吼吼吼，神棍你才會隨地大小便，你全家都會隨地大小便！

然後白霆雷被拍頭了，神棍喝罵：「狗不是這樣叫的！」

嗷汪汪汪汪～～白霆雷恨恨嗚咽。

村委員放下了心，真是狗啊，因為汪汪叫了嘛，真是，原來傳說中的獒犬長得像一頭白色的老虎，今天真是大開眼界了，獨樂樂不如眾樂樂，現在就吆喝全村人來排隊看獒犬，錯過這一次，下次可能要等個一百年。

鍾流水看村民愈聚愈多，倒也不慌，指著建在村尾的一棟瓦屋問村委：「那裡誰住的？」

拾‧
天眼覓陰氣，墨線困邪軀

「老王的房子，幾個月前租給採藥人小呂了，小呂回城市兩個月銷藥材，今天早上剛回來，人不太舒服的樣子……你認識小呂？」

鍾流水回想起昨夜姜憐喊出的名字，微笑點頭，「呂麒？我認識，約了一起上山採藥材。大叔，這獒犬幫我照顧一下，記得別餵食灌水或拍打，他會生氣的。」

他把葦索丟給村委員，留下白霆雷汪汪叫。

臭神棍爛神棍死神棍，你害我變成了老虎，不是該負責到底嗎？喵的老子現在變回人身就會光溜溜，偏偏有好多小美眉過來看熱鬧了啊！本警官不想被人告妨礙風化！

鍾流水放著白霆雷，是為了轉移村民們的注意力，然後他直朝村尾那棟屋子走，因為他們追了一晚上的陰氣，到了這棟屋子的前頭戛然而止，最合理的解釋是：白殭躲到裡頭去了。

於門邊側耳傾聽了會，屋裡沒動靜，他輕輕推開已經缺了一角的木板門，生鏽的樞軸呀然而響，卻沒有任何人被驚起。

潛入房裡，裡頭裝設簡單，以半堵泥牆隔成起居室與廚房，靠牆處有一張竹子架成的矮床，上頭睡著一個年輕人，相貌清秀，皮膚泛著暗黃色，說是睡著了，但呼吸聲淺不可聞，簡直跟死了一樣。

或者這人跟他們追尋了一夜的白殭有關連，鍾流水試著叫喚了下，床上人卻是動也不動。

難道是生了病？鍾流水碰了碰他的手，冷如冰，鼻息處有淡淡白煙冒出，這人連呼出的氣體都冷的不可思議，心念一動，他開始脫年輕人的衣服，看完了上半身，沒發現異狀，接著脫褲子檢查，再把人給翻過來，從頭頂、背部到腳板心，最後終於在他小腿處發現幾處黑色的刺痕，傷口黑如墨，發出的味道臭惡難聞。

鍾流水沉思了起來。

半個小時後，白霆雷跌跌撞撞闖入屋子來，累壞的他有氣無力喵幾聲，委屈看著鍾流水。都是臭神棍害的，村子裡老老少少都跑來摸他，有幾個還偷偷拔了毛，說要拿回家供奉，因為傳說獒犬辟邪啊！更可惡的是，全村小孩都往他背上爬，逼著他玩騎馬打仗，嘔死了，好不容易他掙脫掉葦索，往村外跑了一圈，甩掉後頭跟著跑的小屁孩們，這才偷偷回來找人。

一進門不得了，神棍身邊有個裸男，搞什麼鬼？懂了，神棍體恤他變回人後沒衣服穿，所以打昏那人，脫了他的衣服要給他白霆雷，真是，原來神棍也有這麼細心體貼的時刻。

變！變變！變變變！怎麼變不回來？

「變不回來也好，你當老虎比當警察有前途。」鍾流水倒是不置可否，邊笑罵邊幫裸男穿上了衣服，再怎麼說，光溜溜的男體太礙眼了，穿回衣服順眼些。

白霆雷鬧彆扭，爪子猛刮著地，他不喜歡當老虎，當人多好啊，能騎車能泡妞能看電影能吃各種美食，當老虎只會被另眼看待，太不自由了。

算了，他應該是太累了，那就先休息一下，趴躺著睡吧……沒多久身體一沉，睜眼看，鍾流水把他柔軟的毛肚子當成枕頭也跟著要睡。喂、老子的肚子可不是靠墊！

鍾流水打個哈欠，翻了個舒服的姿勢，閉著眼睛說：「跟你打賭，日落前姜憐就會回來。」

我才不相信，你是神棍，又不是半仙。

「因為……」鍾流水沒說完，人已經沉沉睡去。

白霆雷看他睡著，自己也睏得受不了，眼皮一闔，跟神棍手牽手找周公下棋去了。

就在太陽下山前一個小時，門外傳來細碎腳步聲，假寐中的鍾流水跳起來，順便踢醒寵物，一人一虎迅速躲溜牆角暗處，要來個甕中捉鱉。

門開，素淨秀美的頭臉伸進來，卻是卸了妝的姜憐，她換下了舞台裝，此刻看來就是普普通通的山村小姑娘，見床上人依然睡得熟，便放輕腳步走進來，把手中幾個塑膠袋放桌上整理，那裡頭以民生用品居多，看來她是打算在席村裡待上一陣子了。

她還帶回來兩樣奇特的物品，是木匠專用的墨斗，以及黑糯米。

傳說墨斗線一出，天下邪魔不敢擋，因為木樹若要成為棟梁之材，都必須繩之以墨，所以墨線含有矯枉邪曲的正氣，能剋制邪門歪道，若是染以朱砂或雞血，更是對付殭屍最有效的法器。

姜憐由墨倉抽出墨斗線，線果然是紅色的，她熟練的把年輕人連同竹床一併綑起，採用的正是她在風陵市裡綑綁白殭時同樣的三長兩短方式。年輕人是誰，不言而喻。

就在打最後一道結的時候，鍾流水由暗處走出來。

「呀、逮到妳了。」他吃吃笑著說。

姜憐臉崩，就要奪門而出，白霆雷卻已經用龐大的虎軀擋住木板門，爪子一伸一縮，威脅的氣味明顯。

姜憐從袖裡摸出一個倒圓錐形的蓮蓬來，嬌叱一聲：「出！」

嗡嗡鳴響，蓮蓬裡頭居然飛出幾千隻胡蜂，這些蜂凶如虎、紋如虎，以神風特攻隊的自殺方式前來攻擊。

拾．天眼覓陰氣，墨線困邪軀

白霆雷虎掌亂拍亂打，要趕那些毒蜂，但是毒蜂的螫刺如銅針，一旦穿破皮毛，就毫不留情的由毒囊中猛烈射出毒液，釘得白霆雷哀哀叫，他只好在地上滾來滾去，這一滾，守門的動作就露出了破綻，姜憐伏竄而出，跑出屋子外。

吼吼吼吼吼，神棍你也弄個什麼娘砲術，趕跑這些毒蜂啊，老子快被咬死啦！

鍾流水解下腰間小酒葫蘆一拍，唸咒：「千年萬年大鵬鳥，逢蛇要捉逢蜂拿！」

黑光竄出葫蘆口，迎風長成一隻大鷹，鐵翅振擊，丈許方圓全被浩大氣流籠罩，胡蜂被吹得七散八落，鐵喙更是暴現急落，啄取間便是十幾隻蜂物下肚，轉瞬間蜂群便被消滅了大半。

鍾流水趁這時候穿門追人，姜憐已經離村子有幾百公尺遠了，鍾流水一溜冷電躍到她身後，正要揪住人，姜憐翻身揮手，青煙紅煙由掌中冒出，頃刻間飛沙走石煙塵大作，煙塵裡旌旗掩映，有大批兵馬手執利劍吶聲號叫，齊齊往鍾流水過來。

「請兵請將我也會。」鍾流水仰天長笑，燃起一道黃紙黑字五營靈符，「五營兵馬點兵將，兵發馬催斬妖孽，神兵火急如律令！」

天兵天將由天上圍攏，各個騎狻猊、駕雲獅，勢大風威殺下來，兩方人馬殺得是旌倒旗飛焦頭爛額，姜憐見勢頭不對，收兵馬，就見地上一堆綠豆散落。

鍾流水一笑，同樣收了法，跟著一堆黑豆掉落，兩人使用的竟然同是灑豆成兵之法。

姜憐屢次在鍾流水手下吃癟，卻完全搞不清楚這人是何方神聖，咬牙怒言：「好，是你逼我的！」手腕轉處，手中現出一團晶亮圓球，把晦暗的四周照得有如白日。

「日出東方爍金光，伏首退之，不從見殃！」

姜憐飛躍於空中，拋圓球，燦亮光明往鍾流水蓋頂下來，那球的光芒勁銳嚴厲，竟然形成銅牆鐵壁，阻絕鍾流水前後左右所能奔逃的任何方向，炎炎熾火瞬間提高到天火一般的溫度，任何人逢之，都將灰飛煙滅！

又是天欻火，比姜憐於舞台上使出的暴烈程度強了好幾十倍，想來姜憐那時顧忌著周圍有普通人，不敢隨意施展，如今她可使出真本事來了。

鍾流水不敢小覷，也知道這種程度的天欻火已非漫天花雨能夠破解得了，立刻踩禹步，比劍指，在地下畫了個鱗身脊棘、頸細腹大、背生雙翅的應龍圖形。

應龍，上古時代曾經幫助大禹治水，神性為水，能呼風喚雨，若是某地出現大旱，術師會在地面上繪出應龍圖形，呼喚水來；而正因為應龍與火相剋，所以鍾流水召喚牠出來，助自己一臂之力。

拾・天眼覓陰氣，墨線困邪軀

狂風大作，祥光滿天，應龍由地上挾土揚灰跳起來，就在天欻火打上鍾流水之前，一股寒氣似冰晶、如雪霜，及時將火焰給架著，冰火相遇乾坤混亂，強烈的氣爆聲動徹天地，就好像打了個晴天大雷似的，把姜憐給震得往後跌了好幾步。

不得不說，資深妖孽的好處就在於此，知道天欻火是炎帝傳下的至陽之術，女體屬陰，再怎麼修練，也無法發揮到十成十的效果，更何況她年紀尚輕，火候不到，一隻幻化的應龍就能打發掉她。

姜憐胸口一悶，眼一黑就往前吐了一大口血。

「還玩的話，奉陪唷。」鍾流水戲謔的說。

姜憐忍著頭暈眼花，盤算後頭的步數，呂麒所在的屋子卻傳出恐怖惡鳴，她臉色一變，竟然奮力往屋子回跑去。鍾流水看看天色，大概知道是怎麼回事，隨後也跟了過去。

就在鍾流水出門去追姜憐的時候，白霆雷還匍匐在地上，等著大鵬鳥解決那些可惡的胡蜂小妖精，很快的，嗡嗡聲寂靜下來，抬頭看，大鵬鳥吃飽喝足，鐵翅拍拍飛出去了。

白霆雷全身腫痛，哼哼唧唧的爬起來，看門外天色已黑，正想要出去找鍾流水，眼角卻瞄見床上的年輕人起了變化。

年輕人清秀的面貌扭曲了，身上開始冒出白毛，滿是綠氣的眼睛直愣愣盯著天花板，那是一雙死人的眼睛。

白霆雷認出了他，不就是那隻白殭嗎？沒想到這殭屍白天是人的樣子，到晚上就打回原形，哪門子的怪物啊！

「吼吼吼吼吼！」你被逮捕了，你有權保持緘默，但你所說的一切都將成為呈堂證供。

白殭似乎對虎吼有所感應，重重的發出一聲喘息，一雙綠到發忧的混濁眼珠猛然往他的方向轉，似乎對這隻虎有很大的怨念。

「吼吼吼！」看什麼看，當心老子把你吃了！

白殭一使力，竟然掙脫了墨斗線，直挺挺的蹦跳起來，原來是剛才姜憐還趕不及綁緊最後一個線頭就跑了，讓白殭有了可趁之機，仰天怒嚎發洩憤怒，兩隻白毛滿布的手就往瞪著他的老虎抓過去。

白霆雷好歹也是隻神獸，敢來犯他，他也不給對方好過，飛起猝襲，前肢蹬上白殭胸口，踹得他往旁斜飛，把老王家那張幾十年的木頭桌子給撞得四分五裂，桌上補給品也散了一地。

拾．
天眼覓陰氣，墨線困邪軀

白殭顯然非常生氣，就在這時姜憐回來了，大叫：「呂麒，安分點！」

呂麒——也就是白殭，露出了些許的痛苦表情，顯然姜憐的話語能觸動他，但那觸動也只維持了幾秒，呂麒翻身再朝白霆雷猛撲，這時候鍾流水也進屋來了，拾起地下那墨斗線，一頭丟給了姜憐，姜憐一愣，立刻猜到鍾流水的意圖。

跟鍾流水拉緊墨線分從兩頭繞過，就聽啪的一聲，呂麒被線一彈，慘叫著往後摔上灶前半堵牆，又重重跌掉地上。

呂麒憤怒異常，轉而把仇恨對準了鍾流水，刀尖般的指甲照準了他的胸口戳去，鍾流水轉身避開，反揪呂麒脖子往旁摔，把他摔了個大跟斗。呂麒狂嚎如雷，直繃繃再朝鍾流水撓，恨不得把他給抓成個稀巴爛！

姜憐再次拉緊墨線，與鍾流水合力重新往呂麒兜過去，呂麒對於墨線相當忌憚，倒退要逃，後頭白色老虎卻又跟著包抄而來，他恨的往上用力一跳，竟是想穿破房頂離開。

鍾流水跟著急躍，拉住他的腳拖回來，姜憐趁機迴旋一踢，把呂麒踢上竹床，呂麒想要起身，但姜憐動作更快，迅速再用三長兩短方式綑住他。

「哇哇哇哇哇哇～～」吼嚎聲幾乎就要將屋頂給掀了，呂麒滿滿的憤恨。

「呂麒，安分！」姜憐低聲命令。

呂麒努力掙了掙，發現怎麼也掙不開這墨線，最後終於安分了，卻依然睜著慘綠綠的一雙眼，盯著白霆雷以及鍾流水。

「他被骴傀咬了吧？」鍾流水這樣問姜憐。

「你怎麼知道？」姜憐懷著戒心反問。

「我也知道玉琮是妳帶出來的，你們兩個一定曾經被魈傀圍剿過，別否認，他腿上還有沾染了屍毒的傷口呢。」鍾流水哼一聲，「他因為被魈傀傳染了屍毒，一等每日入夜，陰氣被夜氣引出，就會化成殭屍。」

「你、你們到底……」姜憐警戒的與鍾流水、白霆雷隔開一些距離，鍾流水這人的奸險與厲害她是徹底領教過了，至於白霆雷，天、這人一定是妖精，只有妖精才會幻化人身，她從小就聽族中人說過了。

鍾流水取下小酒葫蘆輕輕一倒，玉琮陡然出現眼前，他這葫蘆雖然小，卻能納萬物，是他很久以前跟個老神仙硬討來的，所以他出門不需要像白霆雷一樣，大包小包揹一堆，現在啊，連白霆雷的證件錢包都好好的待在葫蘆裡頭，一件不缺。

拾・天眼覓陰氣，墨線困邪軀

姜憐看一眼玉琮，赫然發現原本放在裡頭的東西不見了。

「那個……」她狐疑指著玉琮，「我用盡各種方法都取不出，你們怎麼……」

「難怪妳將玉琮給脫手，妳根本不知道裡頭那東西的價值。」

中空的玉琮裡頭原本結著個蟲繭，堅韌異常，能把碰上的任何東西都凍成冰棍，但是見多識廣的鍾流水卻認出那蟲繭其實是人面蠶所吐出的歐絲，絲裡纏裹了某樣煞器。

那樣煞器就是蚩尤齒，蚩尤的不化骨，可惜後來被個無頭騎士搶走，最後不知所蹤。

「那時候我缺錢，手頭上也只有這麼件東西好賣，就被玉珍堂的楊老闆收了……你們、你們又為什麼帶玉琮回來？」姜憐說到後來，語氣又憤又恨，似乎不想再看到這東西。

「我只想知道，妳從哪兒拿到這玉琮，陪葬玉琮的墓主又是誰。」

「我的確進入過墓中，墓裡卻寒酸得很，相信我，陪葬品除了這一件外，其他什麼也沒有，更不知道裡頭葬著的人是誰。」姜憐幾乎是豁出去了的說。

鍾流水站起身來，踱步，同時陰冷的打量著姜憐，這女孩兒應該是炎帝姜家的後裔，為什麼會淪落到舞台上拋頭露面，以一手貨真價實的幻術假披魔術的外衣，在熙來攘往的城市裡謀生？

「看什麼？」姜憐被他看得有些心虛，白眼問。

「……玉琮本是古代巫師禮地的祭器，但這玉琮上頭刻的神人圖案沒有頭，我懷疑跟蚩尤或是刑天有關，很巧的是，這兩人同為炎帝臣子，先後被黃帝斬首……」

姜憐眼裡一黯，「那又怎麼樣？」

「我曾聽玉琮的最後買家說過，玉琮跟一座傳說中的古墓有關，是沒被任何盜墓集團或考古學家發現過的古墓，墓主的子孫一直留在當地守陵，但其中有人偷了墓中寶物出來變賣，就是妳吧。」

姜憐沉默半晌，垂下了頭。

「我本來猜，那或許是炎帝陵，姜家子孫會選擇低調守陵，倒也不意外，只是……」鍾流水嘴角浮起一抹輕笑，「若是炎帝墓裡埋有蚩尤齒，可就耐人尋味了。」

「蚩尤齒？」姜憐有些訝異，她沒聽過這東西。

鍾流水故意提起蚩尤齒，也是為了觀察姜憐臉色，但看她一臉茫然不像作假，想來從她嘴裡也問不出太多的答案。

「帶我們回去那座墓。」最後，鍾流水說。

「不。」姜憐搖頭搖得堅決，「我不能回去！」

拾．天眼覓陰氣，墨線困邪軀

「是不能、還是不敢？」鍾流水咄咄追問。

「我……」姜憐咬咬牙，指著床上躺著的白殭，「不敢。我偷了東西，回去被家法懲罰事小，他卻沒人照顧了……」

「他是誰？」

「呂麒，就是帶我離開姜村的人。」

鍾流水一笑，「妳果然是炎帝後裔。」

姜憐一抖，回想自己跟呂麒在風陵市被幾十隻骴傀群起圍攻的驚險場面，心仍舊有餘悸，當時她為了引開骴傀保護呂麒，不眠不休連跑了兩日兩夜，等回到風陵市，才發現呂麒被咬傷了，在沒及時吸出屍毒的前提下，屍毒侵入他心腑裡，因此成了殭屍。

就聽鍾流水繼續說：「骴傀是守墓獸，會終身守著某個特定物品，殺了所有靠近那樣物品的人，若是被奪、被盜，牠們會天涯海角去追回，至死方休；呂麒的傷證實牠們曾經找到你們。」

「沒錯，我跟呂麒在風陵市被骴傀追上，他在抗拒時被其中一隻咬了腿，好不容易逃脫之後，為了治呂麒的病，我把玉琮賣給玉珍堂的楊老闆。」姜憐說到這裡都恨了，「呂麒說楊老闆是他們這一批盜墓團的幕後老闆，查到姜村那裡似乎有帝王級的大陵，讓呂麒一夥人去探點，我出村採辦貨品的時候，認識了呂麒，我們……」

「妳跟他一見鐘情，然後他說服妳透露墓穴位置，他說為了往後的幸福，最好能賺這一票，然後你們就能遠走高飛，過著快樂又不受打擾的日子？」

姜憐瞪他一眼，還有什麼事是這痞子不知道的嗎？

她卻不知道，外頭壞男人要拐騙傻女人為他盡心盡力做事時，用的都是千篇一律的伎倆。

「所以我不能回去，我背叛了家族，而墓裡也不如呂麒他們想像的，有大量冥器陪葬，我們只找到一個玉琮，還賠掉了其他人的性命……」

說到這裡，姜憐的眼睛都紅了，也不知是氣的、怨的。她從小在幾乎與世隔絕的姜村長大，對外面的世界無限嚮往，與其說她是被呂麒給誘拐，還不如說她是主動跟著別人離開，好見識外頭的風光，卻沒想到外頭世界光怪陸離又荒唐，若不是她還有一手幻術保身，早被大都市這個怪獸給吞食了去。

雪上加霜的是，呂麒被黀傀咬後，狀況很嚴重，她用盡各種方法治療都沒效，醫院不懂病因，同樣束手無策，只建議說送呂麒往更好的醫學中心去檢查，但這卻需要一大筆費用，姜憐賣玉琮的錢根本不夠負擔，所以才拋頭露面上台表演。

鍾流水說：「呂麒白天能變回人身，表示體內還有少量陽氣，若是能找到仙丹妙藥，徹底去掉屍毒是有可能的。」

「真的能治療？」姜憐有些心不在焉的問。

「沒錯，但必須快，妳知道為什麼呂麒會想回來這村莊？因為骷傀的屍毒最終會讓他變成白甲屍獸，然後回到咬了他的骷傀原生地，並且永遠守在墓裡……我猜，那座墓離這裡不遠，對吧？」

姜憐臉又白了幾分，看著鍾流水，她似乎想著什麼，然後一愣。

鍾流水見她呆了，問：「怎麼？」

姜憐又看了他好半晌，才說：「我小時候見過一個跟你長得很像的人，是族長由村外帶回來的妻子。」

「……跟我很像？」

姜憐點頭，「對，很像，而且漂亮溫柔，跟族長是天作之合，可惜她帶著孩子離開了，我離開姜村前，她都沒回去過。」

「那是、那是幾年前的事？」鍾流水突兀的問，聲音竟有些顫抖。

「十年了，當時我十二歲，記得很清楚，族長為了夫人離開的這件事，發動了村裡所有男人去搜山，卻沒找回來，也沒人知道她為什麼離開，只是……」

「只是什麼？」鍾流水顫聲問。

「她失蹤前幾天，我還跑去跟那小孩玩過，看見夫人偷偷在哭……」姜憐陷入回憶、陷入迷惘，「她那麼漂亮，村裡人都很尊敬她，族長也疼愛她，為什麼她要哭呢？」

鍾流水一晃，這突如其來的訊息竟然讓他久已淡然的心緒激動了，良久，胸口澎湃的情緒終於過去，他這才低聲問：「她叫什麼名字？」

「我不記得了。」事隔多年，當時她年紀又小，就算有誰在她面前提過那名字，也不太可能記得起來。

「……當時那小孩兒幾歲？」

「六、七歲吧。」這點姜憐倒是很確定，因為她鄰居家有個小弟弟就跟夫人的孩子同年。

「……罷了，我大概知道了。」鍾流水對一旁低低吼叫的白霆雷說：「姜村，勢在必行。」

白霆雷雖然老被他罵笨蛋，其實不太笨，聽那兩人一來一往間的對話，也猜出了個大概，鍾流水與小妹鐘灼華的相貌相似度高達百分之九十五以上，姜憐口中的夫人，大約就是鍾灼華。

拾・
天眼覓陰氣，墨線困邪軀

白霆雷知道，鍾流水對他妹妹的事情總是記掛於心，只是事情兜兜轉轉，一件不法術士利用小鬼去警局偷證物的案件，怎麼就這樣牽牽扯扯到姜姜的母親了呢？

往遠些想，姜村的族長是誰？他是否清楚鍾灼華並非凡人，而是桃花精？為什麼看似幸福的鍾灼華會離開丈夫，帶著小孩離開？

一切的疑問或許真要到了姜村才能得到解釋，姜村的確勢在必行。

「你們……真要去姜村？」姜憐很猶疑的問。

「沒錯，而妳必須帶我們去。」鍾流水說。

「我……」姜憐似乎忌諱著什麼，最後指著玉琮，說：「再讓我看一下……給我看看，這上頭，其實還有項祕密……」

鍾流水遞過去，姜憐抱著這失而復得的玉器，臉上陰晴不定，也不知道想著什麼。

「玉琮到底還有什麼祕密？」他追問。

「嗯。」姜憐咬咬唇，看著手中的玉琮，最後下定決心似了的說：「抱歉。」

鬼事顧問、零伍。五鬼鬧。

【第拾壹章】纖手竟奪玉，狹道又逢君。

姜憐話語剛落，腳下黃霧滾滾而起，煙中射出五道刀燄，寒光透骨、冷氣浸人，鍾流水振袖一甩，將五支鋼鐵飛刀給揮到一旁，接著深吹一口氣，疾風勁拂，黃霧散去，姜憐卻已經不見人影。

「吼吼吼！」

白霆雷急得提醒，神棍神棍，她把玉琮給搶走了！

鍾流水提步要追，卻突然退回，森冷鬼氣瞬間充斥整間小屋，五位小小人兒惡行惡狀飆嘯飛來，居然就是先前攻擊過他們的五小鬼！

桃枝疾射，小鬼們猝閃避開，他們志不在擒殺人，只是要拖延鍾流水對姜憐的追緝，窄窄的屋室讓五人發揮了很好的攔堵作用，這個捏一下鍾流水的腿、那個扯一下他衣角，另一個鑽過去要騎白霆雷，把屋裡當遊戲場。

鍾流水雖然一下子被弄得狼狽，但也不是頭一次被小鬼來打亂了，哼，以為他資深妖孽當假的嗎？葦索迅速抹上朱砂粉，接著死死往小鬼抽過去，抽得又急又重，劈里啪啦不絕於耳。

正因為屋室窄小，小鬼們躲了這一鞭，躲不了下一鞭，這要讓不知情的人看見，還以為鍾流水虐童呢！

總之小鬼們身上鞭傷縱橫，珠圓玉潤的臉蛋全扭曲著，鍾流水偏偏打得順手又高興，打一鞭罵一聲。

「小鬼不乖就是要打，哼、恨我？有本事就回去反噬你們背後的主兒，殺了他，你們就自由了……咬我？我上回跟土伯連啃十天十夜鬼眼珠子的時候，你們還不曉得在哪裡呢！切，罵得我都餓了！」

拾壹．
纖手竟奪玉，狹道又逢君

根本沒白霆雷出場的分，他乾脆躲到角落趴伏，免得不小心被鞭子掃到，前掌壓著耳朵、順道堵起眼睛，就算知道神棍打的是鬼，但那些鬼全是小孩兒樣，他怎麼看都不忍心。

很快小鬼們擋不住了，前仆後繼逃出門外，白霆雷這才抬掌，見鍾流水陰笑著追出門去，白霆雷吼了吼也要跟，對方卻回頭一抽鞭子，喝止他。

「你看著呂麒，誰靠近就咬死他。」

嗷嗚，白霆雷乖乖退回，讓他看一具白殭，大材小用嘛，可是神棍的鞭子好恐怖，算了。

五鬼們受傷不輕，又發現鍾流水隨後追來，踉踉蹌蹌要入地逃跑，但奇怪的是，本來有能力鑽入地下的他們，這回居然失常了，怎樣鑽都鑽不進去，想消失也無法消失，總之就是鬼物的特質都沒了，他們這樣還算不算是鬼啊？

無可奈何，只好拼命逃、拼命跑，跑給後頭的鍾流水追。

鍾流水氣定神閒，看著他們身上那些鞭傷，吃吃笑。

他在葦索上抹的朱砂粉，是出產於辰州的紅色帶光澤粉末，又稱為辰砂，可煉丹、可入藥，術師常用來畫符驅陰鎮鬼，如今小鬼們身上的鞭傷都沾有朱砂，讓他們無法化為虛體遁到地表之下、空氣之中。

小鬼們乾脆回頭找主人，這也在鍾流水的意料之內，因為小鬼單純，全憑本能行事，受傷了自然想要主人的安慰。

於是在十幾分鐘之後，鍾流水如願的看見了姜憐，以及那位灰髮年輕人。

年輕人既然跟小鬼們心血相連，當然早就感應到他們受傷不輕，這時候聽到後頭五鬼回來，回頭一看，不是他恨之入骨的冤家嗎？扯著姜憐就喊：「快走！」

一根桃枝疾射到年輕人腳前，它入土就長，向上舒枝長葉，彈指間就發成一株大桃樹，擋在窄窄的山路上，也擋著了年輕人跟姜憐的去路。

「我都追來了，你也就別跑，有什麼恩怨你跟我說一說，我就算要殺，也要殺你個明明白白。」鍾流水說，說得雲淡風輕，但字字殺意明顯。

年輕人回頭，五小鬼剛好來到身前，他瞥了一眼，冷語說：「原來是朱砂，果然薑是老的辣。」

「過獎。你又給了姜憐什麼好處，讓她偷走我的玉琮？」鍾流水反問。

「玉琮不是你的，我不過是奉命物歸原主。」

「那、姜憐也不是你的，把她給我。」鍾流水痞痞一伸手。

「我……」

姜憐才剛說出一個字就被打斷，年輕人對鍾流水說：「給了你，讓你打擾我主上的安寧？桃花仙，回田淵市去，你我的恩怨總有了清的一天。」

「真糟糕，幾千年來跟我結過仇的，沒有八百也有一千，我不可能把所有人的臉都記起來，更何況……」鍾流水聲調一沉，「對於一個完全改頭換面的人，要我怎麼辨認出你來？」

「怎麼看出我已經改頭換面？」

「你的肉身沒有血，癒合力又強，一定是義肢類的東西，有高明的術師以封魂鎮魄法打進你的魂魄。」鍾流水戲謔的說：「你不但窮到連肉體都沒了，還會使用南洋的養小鬼術，就我所認識的人當中，符合條件的只有一個。」

灰髮年輕人終於笑了，滿意的笑，「所以你該知道，我要的，只是你將臣服於我的腳下，慢慢又痛苦的死亡。」

「唉呀，原來你這麼恨我，受寵若驚呢，但是恨我的不只你一個，排名第一想把我給吞吃到肚子裡的，是我那隻笨坐騎。」

年輕人眼神沉黯，他不喜歡鍾流水這個答案，當你恨一個人恨到骨子裡，巴不得將他挫骨揚灰、生吞活剝，結果對方根本不把你當一回事。

一使眼色，五小鬼團團把姜憐給圍住，不知道是要保護她、還是把她給當成禁臠，同時間他雙手鼓脹起來，皮肉隆出一道道寸長的利錐，錐頭尖而閃亮，比土石銅鐵還要堅硬。

「……哪吒的蓮花化身都沒你這身皮肉好用，誰給你的？」鍾流水歪著頭笑問。

年輕人不答，手頭一掄，狼牙棒直往鍾流水頭上劈下，後者單膝點地，桃木劍清香光虹猛起，狼牙棒在他額頭前被擋下，另外一隻手往年輕人胸膛擊去，年輕人柳絮一般被推飛，背部重重撞上桃花樹，爛泥一般軟下來。

小鬼們心有所感，啕啕亂叫助陣吶喊，年輕人見劍虹暴起又來，怒吼一聲拼著站起、轉身，

拾壹．纖手竟奪玉，狹道又逢君

狼牙棒猛劈狠砍，砍的卻不是鍾流水，而是那棵大桃花樹。

枝折幹斷，桃花樹應聲斷裂，年輕人抱著樹幹原地翻轉好幾圈，藉勢捲起飛砂走石，鍾流水暗叫不妙，抬頭，桃樹居然當頭砸下來了，他舉劍左右迅速橫劈三十六劍，桃樹爆竹般炸開，就見木片橫飛，白煙滾滾，現場好像被數十顆炸彈給洗禮過。

煙散，年輕人、小鬼和姜憐早已不見人影。

回到老王的房子裡，鍾流水臉色陰沉的跟鬼似的，眼見就能得到進入姜村的線索，如今功虧一簣，猙獰的恐怖臉重現。

「很好、很好——」

他必須想個辦法來發洩心中的怒氣，所以開始考慮要把自家寵騎給分屍吃到肚子裡，或者拿桃木劍刺他個幾百劍，要不他自己會先怒火攻心而自焚！

白霆雷光憑第六感就知道自己生命有危險，人啊、在遇到跟生命攸關的緊急狀況時，腦筋會變得異常靈活，立刻滔滔叫，吼吼吼吼、吼喔喔喔喔～～

鍾流水被點醒了，「你是說還有個呂麒？也對，他跟姜憐一起盜過墓，知道路！」

嘿咩嘿咩，神棍你失心瘋氣昏了頭對不對？哼、果然還是頭腦清醒的我最可靠，我白霆雷才是人生的贏家哇哈哈～～

鍾流水搓搓手，走到竹床前去檢視呂麒，很是憾恨，「我剛剛說過，只要有仙丹妙藥，就能幫他去掉屍毒……只是，現在哪裡能找到解治的藥物呢？『神仙一剪梅』才被我服用完，這……」

吼吼吼，送去醫院！白霆雷很不負責任的建議。

「你見過哪個醫院能治殭屍？！」

鍾流水氣得往他頭上用力一敲，扣，成功聽到白霆雷唉唉叫。啊、解氣了，有寵物在身邊果然能讓自己心情愉快～～

嘿、等等！

「我想起來了，玉珍堂！」猛然叫出來。

白霆雷含著眼淚揉著頭，這神棍怎麼老愛襲警？又關玉珍堂什麼事？

鍾流水微哂，真好，又解決了一件麻煩，於是春風滿面對白霆雷說：「辦事吧！」

辦什麼事？白霆雷歪著頭，突瞪滿是疑惑的虎眼。

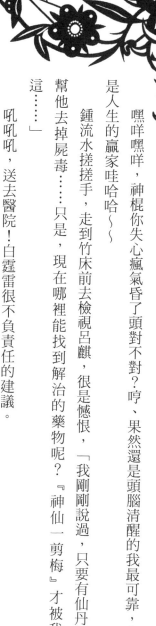

拾壹·纖手竟奪玉，狹道又逢君

鍾流水再度取下他那如同芥子一樣能納萬物的小酒葫蘆，倒出一樣東西。

白霆雷傻眼，那那那、那不是神棍唆使風陵市黑白無常去偷取的「脈望」嗎？這東西到底是他喵什麼鬼啊！

「夜裡拿著『脈望』映照星辰，可以召喚星使下降並賜予丹藥，配以髮圈滴下的水來服用，能夠羽化成仙，不過嘛，星使若是不高興，連顆鼻屎也不會給你。」鍾流水笑嘻嘻，「其實，要化掉白殭屍毒，只要取『脈望』的水就行了，不需要勞動到星使。」

神棍你不會騙人吧？記得你說過，「脈望」是由蠹蟲化成的，哪個國家的蟲這麼靈？也給我養一隻吧！

鍾流水白他一眼，哼，就知道這笨警察沒慧根，永遠只有當寵物的命。

「我要先定他的魂魄，免得途中他魂魄遊散。」

鍾流水由懷中取出七張黃色符紙，以朱砂在上頭書寫符文，依序以符壓住呂麒的腦門心、背心、胸膛心、左右手掌心和腳板心，這是七魄出入之所；接著又取朱砂粉塞在呂麒的耳、鼻、口處，阻擋三魂由此處離去。

然後他扯斷髮圈，斷口處果然泌出晶瑩水滴，滴入呂麒口中，連同嘴上的朱砂也一併送入進去，然後等待。

三分鐘後，呂麒終於有了些許的反應，眼皮微張，喉結很困難的上下滾動，拼了命的他卻只能發出類似想要咳痰出來的聲音。

鍾流水眉目舒開，改去灶下燒了一桶水，倒入一個木製洗澡桶裡，又要白霆雷去把姜憐稍早買的黑糯米給叼來倒入，還從自己頭髮裡摸出幾片桃木丟進去，接著鬆開呂麒丟進澡桶裡，因為桃木水可以洗去呂麒身上的陰屍氣，拔除白毛，活絡陽氣。

這期間鍾流水不斷補充熱水，時不時丟些桃枝桃樹皮入澡桶，幾個小時後，呂麒眼瞳終於有了些許靈動，身上的膿瘡也有逐漸收口的趨勢，隨著白毛掉落，呂麒又回復原來清秀的容貌，只是還很虛弱，他開始往桶外嘔吐出青青黃黃的黏液，腥臭難聞。

一整夜就這麼折騰過去，直到晨曦由窗戶射進來。

然後，鍾流水又做了一件很殘忍的事，他推著光溜溜的呂麒到室外去，面對東方朝陽，害得白霆雷不斷在旁吼叫：神棍你有沒有常識啊？這傢伙病剛好，脫光衣服吹晨風容易感冒啊！

「笨蛋，曙光為天地的精華，這時候脫光衣服面朝東方，讓天地正氣洗滌殘餘的晦氣，這才算是完成真正的淨化手續，將屍毒整個去除乾淨。」

吼吼，這麼說來，以後我每天早起曬太陽遛遛小鳥，是不是小鳥就會變大鵰？鬼才相信你咧！

鍾流水懶得理自家寵物的吐槽，對著還搞不清楚狀況的呂麒說：「好，該是你報答我救命之恩的時刻了。」

「報、怎麼報答？」呂麒沙啞著嗓子問，他從化為白殭之後，一直渾渾噩噩，如今終於有了些許現實感。

「告訴我，姜村在哪裡？」

呂麒大病初癒，體力差得很，鍾流水替他把過脈之後，知道他目前沒辦法帶著他們入山，乾脆要呂麒把路圖詳細說明，讓他們有個確定性方向。

呂麒原來是一個小盜墓集團裡的成員，這個盜墓集團的出資者正是玉珍堂楊老闆，他拉攏了幾位專業的盜墓賊作為技術指導，再另行雇用一些體力勞動者，組成一個團伙，盜墓後各人分取贓款；出資人當然所得最多，專業盜墓者次之，剩下的再由其他人平均分配。

作為其中層級最低的一員，呂麒被分配的任務是喬裝為山中採藥人，到席村裡跟村民租了個房子，每天一早就入山，說要調查裡頭有何種藥草，實則是觀察入山路徑，確認墓地的所在地。

後來他知道深山之中還有一個小村落，叫做姜村，姜村一向封閉，一般人也找不到往姜村的路，但姜村每隔一段時間都會派人出來採買物品，呂麒因此認識了姜憐。

「怎麼知道山裡有大墓？」鍾流水問。

呂麒說：「我們伙裡的掌眼能觀風水、望地氣、辨土壤，他說這裡的山脈連綿不絕，植被也像是波浪一般有規律，乍看如同龍身上的鱗片，龍首龍身龍尾都俱全，是傳說中的臥龍地勢，這種地形一般早被古代的皇朝貴族侵占了，我又從姜憐口中證實的確有墓，而且離姜村不遠，所以我們決定動手。」

鍾流水也問：「你團伙裡其他人呢？」

呂麒臉色立時煞白，「都、都、都死了……」

鍾流水聽著一點也不訝異，說：「都被山裡的守墓虪傀給殺了吧，你能活著走出那座山，大概是姜憐的功勞，但你們錯在把玉琮給帶走，虪傀們為了追回墓中冥器，才會出山去尋找你們。」

呂麒回想起在山裡遭遇上的恐怖經歷，嚇得尿都要噴出來，簌簌著說：「我查找過地方誌，

拾壹・
纖手竟奪玉，狹道又逢君

也在村子裡向老人家探聽一些遠古傳說，發現過去幾千年來，都有人陸陸續續進入山裡要探墓，但都是有去無回……」

「這樣你們還敢盜墓？」白霆雷問。

他已經回復人身，還穿著跟村民買來的衣服。

呂麒哭喪著臉說：「掌眼的認為可能是這墓設的機關複雜，前頭人大意了，我們伙裡的人都經驗十足，只要小心些，一定沒事……結果、沒想到……光是骷傀就……」

「你又是怎麼逃過的？」白霆雷很好奇。

「姜憐把我救到地下洞穴裡，說那是只有姜村人才知道的祕密通道，她還說如果讓姜村的人發現我，為了保守古墓的祕密，一定會殺了我。我勸她帶我到墓裡去，我不會破壞棺木，只拿些值錢的寶物，然後跟她遠走高飛，再也不回來，卻沒想到……」

「沒想到什麼？」白霆雷聽得很緊張，繼續追問。

「墓裡頭繞繞拐拐，沒什麼陪葬物，只有一具打不開的石棺，跟一件玉匣，匣裡除了玉琮外，什麼都沒有，我跟姜憐拿了玉琮就離開了。」

「所以你知道入墓的密道？」鍾流水問。

「那時候、那時候是半夜，我什麼都看不到，完全跟著姜憐走……我真的不知道怎麼進墓的……」

要不是鍾流水還有理智在，呂麒就當場被他給掐死了。

這什麼人啊，只會跟在女人屁股後面走，完全沒點兒擔當！不過，呂麒所說的石棺……很有意思啊……

這時候租房子給呂麒的老王過來了，一見到呂麒就說：「昨天下午我看見小憐了，跟個陰陽怪氣的人在說話，她不是你女朋友嗎？吵架了吧？聽王叔的話，女人要哄啊，當年我就是忘了哄，結果老婆一年不給我洗衣服，半年不跟我說一句話，炒飯故意放一堆鹽……」

鍾流水冷笑，果然，姜憐是在昨天下午跟年輕人接頭的，兩人可能那時候達成了協議，姜憐因此才有了奪取玉琮的行動。

「走吧。」鍾流水催著白霆雷要出發了。

老王看他們要往山裡去的樣子，很好心的叫住他們，「提醒你們，千萬別越過不歸溝，就算裡頭有萬年靈芝、千年山參也不行，溝後的山頭是閻羅王進出地府的通道，生人迴避啊！」

「不歸溝是個什麼地方？」鍾流水問。

老王指著前面山頭搶著說：「過了那座山峰，有個小山溝叫不歸溝，村莊裡從很久以前就立下了規矩，所有人不准越過不歸溝，那理是鬼域，闖入就有去無回。」

「可是姜村……」白霆雷跟著問。

「你們也知道姜村？小呂說的吧……」

老王不知怎麼的壓低了聲音：「他們是避秦的桃源人，不怕山裡的鬼，不歸溝後頭的藥草都歸他們，每半個月姜村人會挑些罕見的藥材來這裡，有藥商專門來收購，他們再順便帶些民生用品回去。」

「避秦的桃源人……」鍾流水微微一笑，「很有趣呢，或許村子裡頭也種了幾株桃樹。王叔我請教一下，席村裡有誰入過姜村？」

老王搖頭，「沒有，那裡地形比較危險，有地下河、有大山洞，地下河流直接通往地獄啊，所以切記，絕對不能跨過不歸溝，會被牛頭馬面給抓走……」

「是、是，我知道，一見不歸溝，我們會立刻退回。」白霆雷忍笑說，根據警務人員的直覺，哼，不歸溝之所以會被謠傳的那麼可怕，一定是姜村村民為了獨占特殊草藥，因而裝神弄鬼嚇唬席村人，甚至可能殺了踏入不歸溝的外人，久而久之，席村居民自然而然對那條不歸溝有害怕的心理。

走在山路上，白霆雷感覺得出來，鍾流水心情很好，還隱隱能聽到他在前頭唱歌呢，唱的是：我的字典裡沒有～放棄～因～為已～鎖定你～～

你也太嗨了吧，神棍。

這裡的山峰大多尖銳突露，光禿禿的奇峰如劍尖朝天矗立，山野環境複雜多樣，暗地裡危機重重，而時節又剛好進入了盛夏，頭上驕陽似火，這山裡的樹木又大多為一人高的灌木，遮蔭效果有限，讓入山的旅客苦不堪言。

鍾流水撐著他的桃花傘，回頭問汗如雨下的白霆雷：「你要不要也撐支傘遮陽？」

白霆雷看著那支綠柄粉紅桃花傘，搖頭，就算那傘能打妖怪，但是為了自己的赳赳氣概，打死他也不能拿。

鍾流水掩嘴呵呵笑，他難得這麼一次大發善心，不領情就算了。

一路無話，黃昏時來到一座山坡上，根據老王的說法，坡下那一道山溝就是不歸溝，鍾流水瞪著溝後頭的山形，好半晌沒說話。

正如呂麒轉述過的，不歸溝之後，是真真實實的風水寶穴，每座從地上冒出的山陵，蜿蜒朝上如龍脊，更遠處還有兩座山峰形似犄角，正好應了龍頭之勢，這樣的龍脈一般說來都需要吞食日月精華達萬年以上，經過凝練、昇華、濃縮，方能成為一條龍，而在歷代皇室貴族有心的尋找之下，率土之濱所有的龍脈都早已被侵用，所以那位掌眼說得沒錯，此地必有大墓。

「什麼樣的人，才能被埋葬在這裡？」鍾流水喃喃問。

福地只有福人能居，沒有帝王命，硬是要葬在龍穴裡，反倒折損子孫福壽，這是一般人都不懂的迷思。

也就是說，古墓裡，必是帝王，無庸置疑。

更深山處，灰髮年輕人拽著姜憐，正往姜村的方向走去，姜憐則不知道被他下了何種禁咒，無法施展出法力，連逃都無法逃，她於是又叫又罵，很不合作。

「你騙我！你說如果我再次碰上鍾流水，就有機會拿回玉琮，而你會幫我治療呂麒！」

年輕人冷冷說：「以呂麒那樣的情況，除非天上掉下個仙藥，才能幫他去除鬼氣，回復人身。依我說，讓桃花仙跟那隻老虎殺了他，死個痛快倒好。」

「你！」姜憐怨恨又叫，「既然如此，又幹嘛抓著我？我對你一點用處都沒有！」

「妳是姜村的背叛者，捉妳回去，也讓我添個功勞，然後……」年輕人陰狠狠的瞇上眼，「我可以盡情的……」

再一次盡情的跟桃花仙算算總帳，算上這幾年的挫折、變化成鬼的痛苦、面臨死亡的絕望、所有失去的一切……

或者說，就算能將對方給千刀萬剮，都不足夠弭平他的恨。

「我等你，鍾流水。」

《鬼事顧問伍・五鬼鬧》完

鬼事顧問、零伍。五鬼鬧。

【番外】跟蹤那種事兒。

陸離在學校裡，照例一堆女孩子來圍，他受不了躲起來，然後抬頭問：「值日功曹，何事？」

值日功曹周登現身，緊張的說：「不好了，星君讓我監視的金毛九尾狐轉生之人果然不安分，朝七殺星君下手了。」

「什麼？！」

陸離內心大怒，表面卻只是冷冷一笑，「她果然還不放棄，都已經成為肉體凡胎，還想藉著星君之氣修仙……我這就過去瞧瞧。」

說完化為一道紫氣從校園消失，都沒聽到上課鐘聲響了。

教室裡的姜姜看著旁邊空了兩節課的座位，對張聿修說：「陸離呢？無故曠課會被叫到走廊上罰站的耶。沒關係，他好像很喜歡罰站……」

張聿修：「……」

資訊產品街上，阿七跟姬水月逛了一間又一間的店，陸離偷偷跟蹤，看見阿七買了東西，忍不住生氣，狐狸精果然是狐狸精，阿七俸祿有限，她還故意誘惑人家送禮物。

陸離心中有了打算，只要狐狸精想竊取七殺星君的法力或真陽，他貪狼星君立刻把她給滅了去。

兩人似乎買完東西了，姬水月巧笑倩兮，指著某家裝潢浪漫又高貴的餐廳，阿七表現的很為難，姬水月卻笑得更甜蜜，藕臂一勾，把人給拉進去。

呀，愈來愈過分了，逼良為娼了是不是？陸離找好掩護，繼續偷窺。看那兩人坐在靠窗位置上你一口我一口吃的甜蜜。

阿七看著所費不貲的餐點，說：「妳不必如此破費。」

「你救過我，這一頓飯聊表我的感謝。」姬水月看了看窗外，又說：「失陪一下。」

她走出餐廳，把偷窺的人給揪出來，「你一直鬼鬼祟祟的跟蹤我們，有什麼不良意圖……」

驚為天人！

姬水月看著這水晶一樣剔透的制服美少年，呆了半晌，先是掏出手機給陸離照了一張相，然後秀秀她的警察證，展開凌厲的詢問。

「同學，上課時段你為什麼蹺課？把學校、班級、姓名、地址、電話號碼都給我，不說的話，我就找到你的家長，來警察局領人。」

陸離瞪她，小小一隻狐狸精轉世，居然膽敢用人間的身分來壓他，好啊，為了一勞永逸，那就劈死她。

降天雷——

空中烏雲密布，電光閃閃，眼見雷光就要打下，阿七卻突然現身，「等等！」

三人你看看我、我看看你，魏蜀吳三國鼎立，鹿死誰手呢……

良久，阿七輕咳一聲，正經的說：「我是他的監護人，我會送他回學校去，姬小姐，謝謝妳陪我買東西。」

回去的路上，陸離指著阿七手提的東西，橫眉冷眼問：「那是什麼？」

「……『天穹榮耀錄』專用耳機，最高隔音效果，自訂調整等化器，音量及音調……」

「我晚上的遊戲聲吵鬧了你？」

沒錯，但是阿七不敢回答說是，這樣太無禮了，陸離怎麼說都是他的上司。

「你一個小小土地公，能有多少俸祿買這些東西？」貪狼星君這時候瀟灑拿出他的人間專用**無上限金剛鑽石長生不老級信用卡**遞過去，說：「拿去刷，算我的。」

阿七默默接過，就當這是家用吧。

遠處，姬水月看著手機裡頭的美少年照片，存入她的未婚夫候選人名單中，流著口水想，未來若是放一個漂亮的小老公在家裡賞心悅目，也是非常不錯的，對吧？

番外《跟蹤那種事兒》完

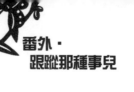

鬼事顧問、零肆。 司獸者。

【卷尾附錄】

阿七的新任務。

雖然有想加入的公會，
但是新創帳號的角色，
等級實在太低了。
真困擾，要怎麼樣才能
善用所有時間快速衝等？
平常還要上課，根本
不可能好好打線上。
阿七，
這是個重要的任務
好好幫我辦來。
好的，
星君大人。

噠噠噠……
噠噠……
碰！
噠噠噠……
嚼嚼
GOGOGO——
WATCH OUT—
噠噠……
最近臉色這麼差。
啊……最近有個特別辛苦的工作……

2暑假最振奮人心的COOL勢力
你笑到噴淚的校園狂想曲！
我的黑貓家教
Miaow
龍雲意
x
重花
do、re、
mi、la......
這是fa，
不是la！
一隻文武皆優、
上天下地人見人愛的超級全能黑貓
一個成績吊車尾、
酷愛唱歌卻看不懂樂譜的音痴少女，
她承諾幫牠找到解除魔咒的方法，
牠則指導她作詞作曲練唱歌兼免費家教，
只是……
口哇伊的黑貓家庭教師 x 期待値零的全年級差生
2012/8/15超超超另類的課後輔導！！！
★更多詳細內容請搜尋★
不思議工作室
立即搜尋
典藏閣
采舍國際
www.silkbook.com
版權所有© Copyright 2012

博客來預購、金石堂、
蘋果日報排行榜暢銷作品
帶您進入炫麗的奇幻世界——
My brother,
lives in my body.
雙夜
DARK櫻薰/NOVEL
薩那SANA. C
「當你睡著之後，我的世界才正要開始。」
他們猶如日與夜，是共用身體的兄弟——
膽小懦弱、依賴心強的弟弟，
身體中住著聰明狡詐又強勢的靈魂哥哥，
這一體雙魂的祕密不得外洩，
否則，哥哥大人將面臨真正的死亡？！
★全國各大書店、租書店、網路書店持續熱賣中★
01來自異界的旅人
02黑暗與光明的交錯
03消失的聖物（上）
04消失的聖物（下）
05沉默之狼的危機
06再見，哥哥大人（完）
★更多詳細內容請搜尋★
不思議工作室
立即搜尋
典藏閣
采舍國際
www.silkbook.com
版權所有© Copyright 2012

邪与血
BLOOD OF CAINE
J2・維特
X
草肅
神父不可以是另類又叛逆的聖職者？
吸血鬼不可以是可愛又迷人的血魔族？
惡魔神父 × 天使吸血鬼
一場隨時引爆火藥的朝聖之旅！
「黃泉路上有個伴總是不寂寞的……」
「那麼我就讓你先上路吧！」
I～III全國各大書店、租書店、網路書店持續熱賣中。
更多詳細內容請搜尋★
不思議工作室_
立即搜尋
典藏閣
采舍國際
www.silkbook.com
版權所有© Copyright 2012

鬼事顧問/林佩作. -- 初版. --新北市：
華文網，2011.10-
冊； 公分. --(飛小說系列)
ISBN 978-986-271-233-7(第5冊：平裝). ----

857.7 100018492

鬼事顧問
伍
五鬼鬧
林佩著
ANTENNA
牛魚繪

飛小說系列029

鬼事顧問05- 五鬼鬧

出版者■典藏閣
作　者■林佩　繪　者■ANTENNA牛魚
總編輯■歐綾纖
製作團隊■不思議工作室
郵撥帳號■50017206 采舍國際有限公司（郵撥購買，請另付一成郵資）
台灣出版中心■新北市中和區中山路2段366巷10號10樓
電　話■(02) 2248-7896　傳　真■(02) 2248-7758
物流中心■新北市中和區中山路2段366巷10號3樓
電　話■(02) 8245-8786　傳　真■(02) 8245-8718
ISBN■978-986-271-233-7
出版日期■2012年8月
全球華文國際市場總代理／采舍國際
地　址■新北市中和區中山路2段366巷10號3樓
電　話■(02) 8245-8786　傳　真■(02) 8245-8718
新絲路網路書店
地　址■新北市中和區中山路2段366巷10號10樓
網　址■www.silkbook.com
電　話■(02) 8245-9896
傳　真■(02) 8245-8819

☞您在什麼地方購買本書？☜

□便利商店＿＿＿＿＿□博客來　□金石堂　□金石堂網路書店　□新絲路網路書店

□其他網路平台＿＿＿＿＿□書店＿＿＿＿＿市／縣＿＿＿＿＿書店

姓名：＿＿＿＿＿地址：＿＿＿＿＿＿＿＿＿＿＿＿＿＿＿＿＿＿＿＿＿＿＿

聯絡電話：＿＿＿＿＿電子郵箱：＿＿＿＿＿＿＿＿＿＿＿＿＿＿＿＿＿＿＿

您的性別：□男　□女

您的生日：＿＿＿＿＿年＿＿＿＿＿月＿＿＿＿＿日

（請務必填妥基本資料，以利贈品寄送）

您的職業：□上班族　□學生　□服務業　□軍警公教　□資訊業　□娛樂相關產業

□自由業　□其他＿＿＿＿＿＿

您的學歷：□高中（含高中以下）　□專科、大學　□研究所以上

☞購買前☜

您從何處得知本書：□逛書店　□網路廣告（網站：＿＿＿＿＿＿＿）　□親友介紹

（可複選）　□出版書訊　□銷售人員推薦　□其他

本書吸引您的原因：□書名很好　□封面精美　□書腰文字　□封底文字　□欣賞作家

（可複選）　□喜歡畫家　□價格合理　□題材有趣　□廣告印象深刻

□其他＿＿＿＿＿＿＿＿＿＿

☞購買後☜

您滿意的部份：□書名　□封面　□故事內容　□版面編排　□價格　□贈品

（可複選）　□其他

不滿意的部份：□書名　□封面　□故事內容　□版面編排　□價格　□贈品

（可複選）　□其他

您對本書以及典藏閣的建議＿＿＿＿＿＿＿＿＿＿＿＿＿＿＿＿＿＿＿＿＿＿＿＿＿

＿＿＿＿＿＿＿＿＿＿＿＿＿＿＿＿＿＿＿＿＿＿＿＿＿＿＿＿＿＿＿＿＿＿＿＿

＿＿＿＿＿＿＿＿＿＿＿＿＿＿＿＿＿＿＿＿＿＿＿＿＿＿＿＿＿＿＿＿＿＿＿＿

✌是否願意收到相關企業之電子報？□是　□否

✎感謝您寶貴的意見✎

✌From＿＿＿＿＿＿＿＿＿＿＿＿@＿＿＿＿＿＿＿＿＿＿＿＿＿＿＿＿

♦請務必填寫有效e-mail郵箱，以利通知相關訊息，謝謝♦

印刷品

$3.5
請貼
3.5元
郵票
不思議信箱
FUSIGI POST

235 新北市中和區中山路二段366巷10號10樓

華文網出版集團 收

（典藏閣－不思議工作室）

顧問鬼事
伍
五鬼鬧
林佩著
ANTENNA
牛魚繪